法國導遊
教你的
旅遊萬用句

Christophe LEMIEUX-BOUDON、
Mandy HSIEH 著

作者序

《法國導遊教你的旅遊萬用句》豐富你的法國經驗！

法國：美酒，美食，精品，流行，藝術，人文，浪漫，建築……的同義詞。單單以文化層面，就足夠吸引人了，再加上的得天獨厚的地理位置，多樣的天然景觀，真是讓人說不出不去法國一趟的理由！

踏上法國這塊富饒的土壤，體驗當地的生活，如果無法用法語溝通，那麼這趟旅行感覺上就帶著那麼一點遺憾。相反地，若是能夠說上幾句美麗悅耳的法語與當地人溝通，這些小時光卻能讓法國之旅變得非常不一樣，意外地深刻！

於是有了這本書的誕生。

考慮出國旅行的輕便，本書以簡約小巧型態呈現，但是同時也顧及了法語的生活實用性。內容分為四大部分：第一部份「萬用字彙＋句型」，以簡單的句子配合旅遊中使用頻率高的單字套入代換，適時適當地表達需求。第二部分「情境對話」，以旅途中常見的情境為主，使用簡單的法語句型，達到與法國人溝通的目的。第三部分「旅遊資訊」，簡易介紹法國的地理和人文風情，有效迅速地規劃旅程。附錄部分「法語發音」，以簡單的發音訣竅，輕鬆看懂書中的音標，說出每字每句。

帶著這本書，快快樂樂地出發，輕輕鬆鬆地說法語，絕對能讓法國之旅增色許多！

如何使用本書

在法國旅遊時，您可以這樣使用萬用字與萬用句

導遊教你的旅遊萬用字彙＋句型

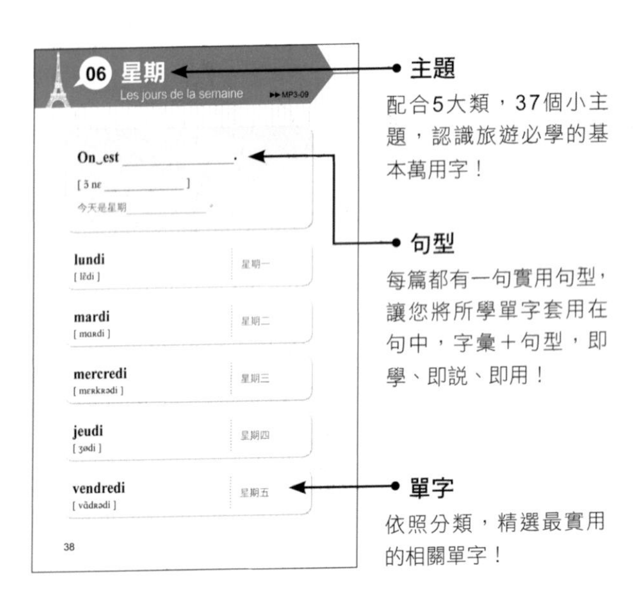

06 星期
Les jours de la semaine ▶▶MP3-09

On‿est ______________.
[ɔ̃ nɛ ______________]
今天是星期______________。

lundi [lɛ̃di]	星期一
mardi [maʀdi]	星期二
mercredi [mɛʀkʀədi]	星期三
jeudi [ʒødi]	星期四
vendredi [vɑ̃dʀədi]	星期五

38

主題

配合5大類，37個小主題，認識旅遊必學的基本萬用字！

句型

每篇都有一句實用句型，讓您將所學單字套用在句中，字彙＋句型，即學、即說、即用！

單字

依照分類，精選最實用的相關單字！

導遊教你的旅遊萬用句

場景

搭配7大類，34個小場景，迅速學會各種地點、狀況、場合的旅遊萬用句。

羅馬拼音

全書法語皆附上音標，只要跟著念念看，您也可以變成法語達人。

01 購買火車票

Acheter des billets de train ▶▶ MP3-42

Bonjour je voudrais deux billets aller-retour Paris-Marseille, s'il vous plaît
您好，我想要兩張巴黎-馬賽的來回票。
[bɔ̃ʒuʀ ʒə vudʀɛ dø bijɛ alɛ-ʀətuʀ paʀi-maʀsɛj, sil vu plɛ]

Oui, pour quelle date? 好的，那一天？
[wi, puʀ kɛl dat]

Pour le vendredi 20 juin. 6月20日星期五。
[puʀ lə vɑ̃dʀədi vɛ̃ ʒɥɛ̃]

Départ à quelle heure? 幾點出發的車？
[depaʀ a kɛl œʀ]

Celui de 13h05. 下午1點5分的那一班。
[səlɥi də tʀɛz œʀ sɛ̃k]

124

MP3序號

特聘法籍名師錄製，配合MP3學習，您也可以說出一口漂亮又自然的法語！

STEP 2 在前往法國之前，您可以先這樣認識法國

導遊為你準備的旅遊指南

精選在法國旅遊時所需要的各種實用資訊，並分為「法國地理位置」、「法國生活」、「實用資訊」及「法國節慶」等4篇，帶您了解旅遊法國時必須知曉的當地交通概況，還有當地生活民情以及重要節日。最後附上駐法國台北代表處及如何撥打台灣電話等資訊，讓您一個人在法國享受浪漫之旅也不是難事喔！

01 法國的地理位置
Géographie de la France

法國位於西歐，三面臨海，領土分為法國本土與海外離島。首都為巴黎（Paris）。法國本土目前共有22個大區，計劃將在2016年合併為13大區。海外大區共5個，分別是瓜德羅普（Guadeloupe）、蓋亞那（Guyane）、馬丁尼克（Matinique）、留尼旺（La Réunion）及馬約特（Mayotte）。

法國本土為六角形，所以法國人也常用六角形（Hexagane）一詞代替法國。

216

02 法國生活
La vie en France

1. 吃在法國

法國人的一餐通常由湯（potage）、生菜（salade），或前菜（entrée）、主菜（plat）、乳酪（fromage）、點心（dessert）等幾道菜搭配而成。

而法國美食享譽國際，由於巴黎是國際都市，各國餐廳林立。一般餐廳的消費價格從20歐元到50歐元不等，通常餐點的費用都已經包含服務費了，用餐完畢不需要另外留下小費，但是如果服務真的很好，建議可以留下1～5歐元的小費。小費最好以0.5歐元，1歐元或是2歐元的硬幣呈現，切勿掏出口袋中的所有零錢以清空身上的硬幣作為考量！

2. 穿在法國

法國國情與文化對於服飾穿著沒有特殊要求。在冬季由於嚴寒也常下雪，到法國前需準備保暖及禦寒衣物。法國人穿衣的色系通常採低調色彩，夏天通常為清爽的淡色系為主，例如：白色，淡藍色，米色；冬天則以深色系為主，如：黑色，灰

218

導遊教你的法語發音重點

附錄中，導遊將傳授您如何發出最標準、實用的法語。先從認識「法語基本概念」開始，接著了解「法語發音」、「法語的變音符號」到「法語的連音」，讓您在遇到不懂的法語發音時，也能立刻完全掌握！

一、法語基本概念

在開始學習發音前，先介紹幾個法語的基本的文法概念，讓您在學習發音的同時，也能輕易地理解書中提供的範例與會話。

讓我們從法語的簡單句型（主詞＋動詞＋受詞）著手，一步步地劃出法語的大致輪廓。

概念1：主詞

法文	je	tu	il	elle	on
中文	我	你	他	她	我們（口語）
法文	nous	vous	ils	elles	
中文	我們	你們 您 您們	他們	她們	

232

目　錄

Part 3

法國導遊為你準備的旅遊指南

附錄

法語發音的學習重點

Part 1

法國導遊教你的旅遊萬用字彙＋句型

Chapitre

❶ 彬彬有禮 La politesse

❷ 數字萬花筒 Les chiffres et les nombres

❸ 美食大觀園 L'alimentation

❹ 蹓躂逛景點 Les‿incontournables

❺ 物品市集 La mode et les‿affaires de toilette

Chapitre 1

彬彬有禮
La politesse

01 問候語 Saluer

02 感謝語 Remercier

03 稱讚語 Faire des compliments

01 問候語
Saluer

▶▶MP3-01

Monsieur [məsjø]	先生
Madame [madam]	女士
Mademoiselle [madmwazɛl]	小姐
Bonjour [bɔ̃ʒuʀ]	早安（白天用的您好）
Bonsoir [bɔ̃swaʀ]	晚安（晚上用的您好）
Comment‿allez-vous? [kɔmɑ̃ tale-vu]	您好嗎？
Vous‿allez bien? [vu zale bjɛ̃]	您好嗎？

Bonne journée [bɔn ʒuʀne]	祝您有美好的一天
Bonne soirée [bɔn swaʀe]	祝您有美好的夜晚
Bonne nuit [bɔn nɥi]	晚安（就寢用）
Excusez-moi [ɛkskyze-mwa]	不好意思
S’il vous plaît [sil vu plɛ]	麻煩您
Allez-y [ale zi]	您先請

02 感謝語
Remercier

▶▶MP3-02

Je vous‿en prie.
[ʒə vu zɑ̃ pʀi]
不客氣（客套說法）

De rien
[də ʀjɛ̃]
沒什麼；不用客氣（普通說法）

Merci
[mɛʀsi]
謝謝

Merci beaucoup
[mɛʀsi boku]
真感謝

03 稱讚語
Faire des compliments

▶▶MP3-03

C'est bon
[sɛ bɔ̃]
好吃

C'est sympa
[sɛ sɛ̃pa]
真熱心；真不錯

C'est gentil
[sɛ ʒɑ̃ti]
真好心

C'est beau
[sɛ bo]
真美

C'est joli
[sɛ ʒɔli]
真漂亮

Magnifique
[maɲifik]
美極了

Excellent
[ɛksɛlɑ̃]
棒極了

Bravo
[bʀavo]
棒極了

Parfait
[paʀfɛ]
完美

Bien
[bjɛ̃]
很好

Très bien
[tʀɛ bjɛ̃]
非常好

Chapitre 2

數字萬花筒

Les chiffres et les nombres

01 數字 Les nombres

▶▶MP3-04

Ça coûte ________ euros.

[sa kut ________ øʀo]

這值________歐元。

zéro [zeʀo]	0
un [ɛ̃]	1
deux [dø]	2
trois [tʀwa]	3
quatre [katʀ]	4
cinq [sɛ̃k]	5
six [sis]	6
sept [sɛt]	7
huit [ɥit]	8
neuf [nœf]	9

dix
[dis]
10

onze
[ɔ̃z]
11

douze
[duz]
12

treize
[tʀɛz]
13

quatorze
[katɔʀz]
14

quinze
[kɛ̃z]
15

seize
[sɛz]
16

dix-sept
[di-sɛt]
17

dix-huit
[di-zɥit]
18

dix-neuf
[diz-nœf]
19

vingt
[vɛ̃]
20

vingt-et-un
[vɛ̃-tɛ-ɛ̃]
21

vingt-deux
[vɛ̃n-dø]
22

vingt-trois
[vɛ̃n-tʀwa]
23

vingt-huit [vɛ̃-tɥit] | 28

trente [tʀɑ̃t] | 30

trente-et-un [tʀɑ̃t-ɛ-ɛ̃] | 31

quarante [kaʀɑ̃t] | 40

quarante-et-un [kaʀɑ̃t-ɛ-ɛ̃] | 41

cinquante [sɛ̃kɑ̃t] | 50

cinquante-et-un [sɛ̃kɑ̃t-ɛ-ɛ̃] | 51

soixante
[swasɑ̃t]
60

soixante-et-un
[swasɑ̃t-ɛ-ɛ̃]
61

soixante-dix
[swasɑ̃t-dis]
70

soixante-et-onze
[swasɑ̃t-ɛ-ɔ̃z]
71

quatre-vingts
[katʀə-vɛ̃]
80

quatre-vingt-un
[katʀə-vɛ̃-ɛ̃]
81

quatre-vingt-dix
[katʀə-vɛ̃-dis]
90

quatre-vingt-onze [katʀə-vɛ̃-ɔ̃z]	91
cent [sɑ̃]	100
cent deux [sɑ̃ dø]	102
deux cents cinq [dø sɑ̃ sɛ̃k]	205
mille [mil]	1000
mille deux cents dix [mil dø sɑ̃ dis]	1210

02 序數
Les nombres ordinaux ▶▶MP3-05

第……（序數）= 數字＋ième（第一除外）

Votre chambre est‿au ________ étage.

[vɔtʀ ʃɑ̃bʀ ɛ to ________ etaʒ]

您的房間在________樓。

premier
[pʀəmje]
第一

deuxième
[døzjɛm]
第二

troisième
[tʀwɑzjɛm]
第三

quatrième
[katʀijɛm]
第四

cinquième
[sɛ̃kjɛm]
第五

sixième
[sizjɛm]
第六

septième
[sɛtjɛm]
第七

huitième
[ɥitjɛm]
第八

neuvième
[nœvjɛm]
第九

dixième
[dizjɛm]
第十

▶▶MP3-06

Il est ____________.

[il ɛ ____________]

現在時刻____________。

une heure

[yn œʀ]

一點鐘

deux‿heures

[dø zœʀ]

兩點鐘

trois‿heures

[tʀwɑ zœʀ]

三點鐘

quatre heures

[katʀ œʀ]

四點鐘

cinq heures

[sɛ̃k œʀ]

五點鐘

six heures
[si zœʀ]
六點鐘

sept heures
[sɛt œʀ]
七點鐘

huit heures
[ɥit œʀ]
八點鐘

neuf heures
[nœ vœʀ]
九點鐘

dix heures
[di zœʀ]
十點鐘

onze heures
[ɔ̃z œʀ]
十一點鐘

midi
[midi]
中午

minuit [minɥi]	午夜
et quart [e kaʀ]	加一刻鐘 （多十五分鐘）
et demi [e dəmi]	加半小時 （多三十分鐘）
moins le quart [mwɛ̃ lə kaʀ]	少一刻鐘 （少十五分鐘）
matin [matɛ̃]	早上
après-midi [apʀɛ-midi]	下午
soir [swaʀ]	晚上

nuit

[nɥi]

夜晚

04 日期

Les dates

▶▶MP3-07

Nous sommes ____________.

[nu sɔm ____________]

我們今天_______月_______日。

le premier janvier

[lə pʀəmje ʒɑ̃vje]

一月一日

le quatorze juillet

[lə katɔʀz ʒɥijɛ]

七月十四日（法國國慶）

le vingt-cinq décembre

[lə vɛ̃t-sɛ̃k desɑ̃bʀ]

十二月二十五日（聖誕節）

le 數字＋月份＝某月某日（一日除外）

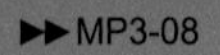

janvier [ʒɑ̃vje]	一月
février [fevʀije]	二月
mars [maʀs]	三月
avril [avʀil]	四月
mai [mɛ]	五月
juin [ʒɥɛ̃]	六月
juillet [ʒɥijɛ]	七月

août
[ut]
八月

septembre
[sɛptɑ̃bʀ]
九月

octobre
[ɔktɔbʀ]
十月

novembre
[nɔvɑ̃bʀ]
十一月

décembre
[desɑ̃bʀ]
十二月

06 星期

Les jours de la semaine

▶▶MP3-09

On‿est ________________.

[ɔ̃ nɛ ________________]

今天是星期________________。

lundi
[lɛ̃di]
星期一

mardi
[maʀdi]
星期二

mercredi
[mɛʀkʀədi]
星期三

jeudi
[ʒødi]
星期四

vendredi
[vɑ̃dʀədi]
星期五

samedi
[samdi]
星期六

dimanche
[dimɑ̃ʃ]
星期天

07 期間
Période et durée

▶▶MP3-10

Je vais rester dix ________________.

[ʒə vɛ ʀɛste di ________________]

我要停留十________________。

jours
[ʒuʀ]
天

semaines
[səmɛn]
星期

mois
[mwɑ]
月

ans
*[ɑ̃]
年

*補充：當dix後面緊接著母音開頭的字，則必須連音，所以dix ans會念成[di zɑ̃]。

Chapitre 3

美食大觀園
L'alimentation

01 單位量詞
Unités

▶▶MP3-11

Je voudrais deux ________ de fraises.

[ʒə vudʀɛ dø ________ də fʀɛz]

我想要兩________的草莓。

grammes
[gʀam]
公克

kilos
[kilo]
公斤

verres
[vɛʀ]
杯

paquets
[pakɛ]
包

sacs
[sak]
袋

morceaux
[mɔʀso]
塊

un peu
[ɛ̃ pø]
一點

bouteilles
[butɛj]
瓶

tranches
[tʀɑ̃ʃ]
片

boîtes
[bwat]
盒

parts
[paʀ]
份（切開後的一份）

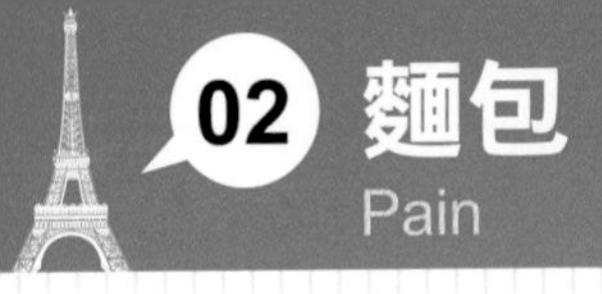

02 麵包
Pain

▶▶MP3-12

Je voudrais ________ et ________ , s'il vous plaît.

[ʒə vudʀɛ ________ e ________ , sil vu plɛ]

我想要________和________，麻煩您。

un croissant
[ɛ̃ kʀwasɑ̃]
一個牛角麵包

un pain de campagne
[ɛ̃ pɛ̃ də kɑ̃paɲ]
一個鄉村麵包

un pain au chocolat
[ɛ̃ pɛ̃ o ʃɔkɔla]
一個巧克力麵包

un pain aux raisins
[ɛ̃ pɛ̃ o ʀɛzɛ̃]
一個葡萄麵包

un pain de mie
[ɛ̃ pɛ̃ də mi]
一個土司麵包

un croissant aux‿amandes [ɛ̃ kʀwasɑ̃ o zamɑ̃d]	一個杏仁牛角麵包
un chausson aux pommes [ɛ̃ ʃosɔ̃ o pɔm]	一個蘋果麵包
une baguette [yn bagɛt]	一個長棍麵包
une brioche [yn bʀijɔʃ]	一個奶油麵包
des chouquettes [de ʃukɛt]	一些糖粒小泡芙

03 甜點

Desserts

▶▶MP3-13

________________, ça coûte combien?

[______________, sa kut kɔ̃bjɛ̃]

______________要多少錢？

Un mont-blanc
[ɛ̃ mɔ̃ blɑ̃]
一個蒙布朗栗子泥

Un‿éclair au café
[ɛ̃ neklɛʀ o kafe]
一個咖啡口味閃電泡芙

Un fondant au chocolat
[ɛ̃ fɔ̃dɑ̃ o ʃɔkɔla]
一個熔岩巧克力

Un mille-feuille à la vanille
[ɛ̃ milfœj a la vanij]
一個香草千層派

Un macaron
[ɛ̃ makaʀɔ̃]
一個馬卡龍

Une gauffre au chocolat
[yn gofʀ o ʃɔkɔla]
一個巧克力鬆餅

Un sorbet
[ɛ̃ sɔʀbɛ]
一個無奶油冰淇淋

Une tarte aux pommes
[yn taʀt o pɔm]
一個蘋果派

Une tarte aux framboises
[yn taʀt o fʀɑ̃bwaz]
一個覆盆子塔

Une tarte aux fraises
[yn taʀt o fʀɛz]
一個草莓塔

Une tarte aux myrtilles
[yn taʀt o miʀtij]
一個藍莓塔

Une crème brûlée
[yn kʀɛm bʀyle]
一個焦糖布蕾

Une mousse au chocolat
[yn mus o ʃɔkɔla]
一個巧克力慕斯

Une charlotte aux fraises
[yn ʃaʀlɔt o fʀɛz]
一個草莓夏洛特蛋糕

Une crêpe au chocolat
[yn kʀɛp o ʃɔkɔla]
一個巧克力可麗餅

Une glace
[yn glas]
一個奶油冰淇淋

▶▶MP3-14

Je vais prendre ________________,
s'il vous plaît.

[ʒə vɛ pʀɑ̃dʀ ________________, sil vu plɛ]

我要點________________，麻煩您。

un café
[ɛ̃ kafe]
一杯咖啡

un café crème
[ɛ̃ kafe kʀɛm]
一杯牛奶咖啡

un chocolat chaud
[ɛ̃ ʃɔkɔla ʃo]
一杯熱巧克力

un thé
[ɛ̃ te]
一杯茶

un coca
[ɛ̃ kɔka]
一杯可口可樂

un jus de fruit
[ɛ̃ ʒy də fʀɥi]
一杯果汁

un vin blanc
[ɛ̃ vɛ̃ blɑ̃]
一杯白酒

un vin rouge
[ɛ̃ vɛ̃ ʀuʒ]
一杯紅酒

un vin rosé
[ɛ̃ vɛ̃ ʀoze]
一杯玫瑰酒

du champagne
[dy ʃɑ̃paɲ]
一些香檳

une carafe d'eau
[yn kaʀaf do]
一壺自來水

une eau minérale
[yn o mineʀal]
一瓶礦泉水

une eau plate
[yn o plat]
一瓶無氣泡水

une eau gazeuse
[yn o gɑzøz]
一瓶氣泡水

une limonade
[yn limɔnad]
一杯檸檬汽水

une bière
[yn bjɛʀ]
一杯啤酒

05 調味料

Condiments

▶▶MP3-15

Pourriez-vous me passer ____________, s'il vous plaît.

[puʀje - vu mə pɑse __________, sil vu plɛ]

請遞給我__________，麻煩您。

le poivre [lə pwavʀ]	胡椒
le sel [lə sɛl]	鹽巴
le sucre [lə sykʀ]	糖
le vinaigre [lə vinɛgʀ]	醋
le beurre [lə bœʀ]	奶油

le miel [lə mjɛl]	蜂蜜
la moutarde [la mutaʀd]	芥末醬
l'huile d'olive [lɥil dɔliv]	橄欖油
la sauce [la sos]	醬汁
la crème [la kʀɛm]	鮮奶油
La confiture [la kɔ̃fityʀ]	果醬
la fleur de sel [la flœʀ də sɛl]	粗鹽；鹽花

06 常見主菜
Plats

▶▶MP3-16

__________ pour moi, s'il vous plaît.

[__________ puʀ mwa, sil vu plɛ]

我點__________，麻煩您。

Une assiette de spaghetti à la bolognaise

[yn asjɛt də spagɛti a la bɔlɔɲɛz]

一份波隆納肉醬義大利麵

Un pavé de saumon grillé

[ɛ̃ pave də somɔ̃ gʀije]

一份烤鮭魚排

Un magret de canard

[ɛ̃ magʀɛ də kanaʀ]

一份煎鴨胸

Un confit de canard

[ɛ̃ kɔ̃fi də kanaʀ]

一份油封鴨腿

Un steak frites

[ɛ̃ stɛk fʀit]

一份牛排＋薯條

Un bœuf bourguignon
[ɛ̃ bœf buʀgiɲɔ̃]
一份勃艮第紅酒燉牛肉

Un poulet rôti
[ɛ̃ pulɛ ʀoti]
一份烤雞

Un croque-monsieur
[ɛ̃ kʀɔk-məsjø]
一份火腿三明治

Un croque-madame
[ɛ̃ kʀɔk-madam]
一份火腿加蛋三明治

Des moules-frites
[de mulɛs-fʀit]
一份淡菜＋薯條

Une ratatouille
[yn ʀatatuj]
一份尼斯雜菜燴

Une blanquette de veau
[yn blɑ̃kɛt də vo]
一份白醬燉小牛肉

Une bouillabaisse
[yn bujabɛs]
一份馬賽魚湯

Une choucroute
[yn ʃukʀut]
一份酸菜醃肉肉腸鍋

Une quiche lorraine
[yn kiʃ lɔʀɛn]
一份洛林鹹派

Une galette de sarrasin
[yn galɛt də saʀazɛ̃]
一份黑麥鹹薄餅

Une omelette
[yn ɔmlɛt]
一份煎蛋

07 肉類
Viandes

▶▶MP3-17

Je voudrais cinq cents grammes de __________, s'il vous plaît.

[ʒə vudʀɛ sɛ̃k sɑ̃ gʀam də ________, sil vu plɛ]

我想要500克的________，麻煩您。

poulet
[pulɛ]
雞肉

bœuf
[bœf]
牛肉

porc
[pɔʀ]
豬肉

canard
[kanaʀ]
鴨（肉）

lapin
[lapɛ̃]
兔（肉）

mouton
[mutɔ̃]
綿羊（肉）

agneau
[aɲo]
小羊肉

veau
[vo]
小牛肉

saucisson
[sosisɔ̃]
醃臘腸

jambon
[ʒɑ̃bɔ̃]
火腿

dinde
[dɛ̃d]
火雞（肉）

saucisse
[sosis]
肉腸

▶▶MP3-18

J'aime bien ________ .

[ʒɛm bjɛ̃ ________]

我很喜歡________。

le thon | 鮪魚
[lə tɔ̃]

le saumon | 鮭魚
[lə somɔ̃]

le cabillaud | 鱈魚
[lə kabijo]

le bar | 鱸魚
[lə baʀ]

le hareng | 鯡魚
[lə aʀɑ̃]

la dorade
[la dɔʀad]
鯛魚

la sole
[la sɔl]
比目魚

les sardines
[le saʀdin]
沙丁魚

la truite
[la tʀɥit]
鱒魚

la morue
[la mɔʀy]
鱈魚

09 海鮮
Fruits de mer

▶▶MP3-19

J'adore ________ .

[ʒadɔʀ ________]

我超愛________。

le crabe
[lə kʀab]
螃蟹

le homard
[lə ɔmaʀ]
龍蝦

le calamar
[lə kalamaʀ]
烏賊

les crevettes
[le kʀəvɛt]
蝦子

les‿huîtres
[le zɥitʀ]
生蠔

les moules

[le mul]

淡菜

10 乳酪

Fromages

▶▶MP3-20

__________ est mon fromage préféré.

[________ ɛ mɔ̃ fʀɔmaʒ pʀefeʀe]

________是我最愛的乳酪。

Le Beaufort
[lə bofɔʀ]
波佛爾乳酪

Le Camembert
[lə kamɑ̃bɛʀ]
卡蒙貝爾乳酪

Le Cantal
[lə kɑ̃tal]
康達乳酪

Le Comté
[lə kɔ̃te]
孔特乳酪

Le Reblochon
[lə ʀəblɔʃɔ̃]
瑞布羅申乳酪

Le Roquefort
[lə ʀɔkfɔʀ]

洛克福藍霉乳酪

L'Emmental
[lemɑ̃tal]

艾芒達乳酪

Le Brie
[lə bʀi]

布里乳酪

11 蔬菜 Légumes

▶▶MP3-21

Je vais acheter un kilo de ________ .

[ʒə vɛ aʃte ɛ̃ kilo də ________]

我要買1公斤的________。

radis
[ʀadi]
櫻桃蘿蔔

fenouil
[fənuj]
茴香

brocoli
[bʀɔkɔli]
青花菜

chou-fleur
[ʃu-flœʀ]
花椰菜

poivron vert
[pwavʀɔ̃ vɛʀ]
青椒

chou
[ʃu]
甘藍菜

piment
[pimɑ̃]
辣椒

concombre
[kɔ̃kɔ̃bʀ]
黃瓜

salade
[salad]
生菜沙拉

pomme de terre
[pɔm də tɛʀ]
馬鈴薯

tomate
[tɔmat]
番茄

carotte
[kaʀɔt]
胡蘿蔔

courgette

[kuʀʒɛt]

櫛瓜

rhubarbe

[ʀybaʀb]

大黃

citrouille

[sitʀuj]

南瓜

aubergine

[obɛʀʒin]

茄子

12 水果
Fruits

▶▶MP3-22

Je voudrais du jus de ________ .

[ʒə vudʀɛ dy ʒy də ________]

我想要________果汁。

citron
[sitʀɔ̃]
萊姆；檸檬

kiwi
[kiwi]
奇異果

raisin
[ʀɛzɛ̃]
葡萄

pamplemousse
[pɑ̃pləmus]
葡萄柚

melon
[məlɔ̃]
哈密瓜

abricot
*[abʀiko]
杏桃

ananas
*[ananas]
鳳梨

orange
*[ɔʀɑ̃ʒ]
柳橙

framboise
[fʀɑ̃bwaz]
覆盆子

pomme
[pɔm]
蘋果

poire
[pwaʀ]
梨子

cerise
[səʀiz]
櫻桃

pastèque
[pastɛk]
西瓜

pêche
[pɛʃ]
桃子

myrtille
[miʀtij]
藍莓

fraise
[fʀɛz]
草莓

＊補充：de若緊接母音開頭的字，必須縮寫成d'，唸[d]，所以d'abricot唸[dabʀiko]，d'ananas唸[danana]，d'orange唸[dɔʀɑ̃ʒ]。

13 味道

Goûts

▶▶MP3-23

C'est ______________.

[sɛ ______________]

很______________。

sucré

[sykʀe]

甜的

salé

[sale]

鹹的

amer

[amɛʀ]

苦的

acide

[asid]

酸的

piquant

[pikɑ̃]

辣的

épicé

[epise]

口味重的

14 餐具
Couverts

▶▶MP3-24

Pourriez-vous me donner ________ , s'il vous plaît.

[puʀje-vu mə dɔne ________ , sil vu plɛ]

您可以給我________，麻煩您。

un couteau [ɛ̃ kuto]	一只刀子
un verre [ɛ̃ vɛʀ]	一個玻璃杯
un bol [ɛ̃ bɔl]	一個碗
un couvercle [ɛ̃ kuvɛʀkl]	一個鍋蓋
une assiette [yn asjɛt]	一個盤子

une serviette
[yn sɛʀvjɛt]
一張餐巾

une cuillère
[yn kɥijɛʀ]
一個湯匙

une fourchette
[yn fuʀʃɛt]
一個叉子

une tasse
[yn tɑs]
一個咖啡杯

Chapitre 4

蹓躂逛景點

Les‿incontournables

01 法國觀光大城
Grandes villes touristiques en France

02 著名景點
Sites touristiques en France

03 方位 Localisation

04 位置 Position

05 方向 Direction

06 交通工具 Moyens de transport

07 商店 Magasins

01 法國觀光大城

Grandes villes touristiques en France ▶▶MP3-25

Deux billets pour ________________, s'il vous plaît.

[dø bijɛ puʀ ________________, sil vu plɛ]

兩張到________________的票，麻煩您。

Paris
[paʀi]
巴黎

Marseille
[maʀsɛj]
馬賽

Lyon
[ljɔ̃]
里昂

Rennes
[ʀɛn]
雷恩

Bordeaux
[bɔʀdo]
波爾多

Toulouse [tuluz]	土魯斯
Strasbourg [stʀasbuʀ]	史特拉斯堡
Lille [lil]	里爾
Avignon [aviɲɔ̃]	亞維儂
Arles [aʀl]	亞爾
Rouen [ʀwɑ̃]	盧昂
Reims [ʀɛ̃s]	漢斯

Nîmes
[nim]
尼姆

Tours
[tuʀ]
圖爾

02 著名景點

Sites touristiques en France

▶▶MP3-26

Je voudrais visiter ________________.

[ʒə vudʀɛ vizite ____________]

我想要參觀____________。

la Tour Eiffel
[la tuʀ ɛfɛl]
艾菲爾鐵塔

le Musée du Louvre
[lə myze dy luvʀ]
羅浮宮博物館

le Musée d'Orsay
[lə myze dɔʀsɛ]
奧賽美術館

le Château de Versailles
[lə ʃato də vɛʀsaj]
凡爾賽宮

le Centre Pompidou
[lə sɑ̃tʀ pɔ̃pidu]
龐比度中心

Notre-Dame de Paris
[nɔtʀə-dam də paʀi]
巴黎聖母院

le Grand Palais
[lə gʀɑ̃ palɛ]
大皇宮

la Tour Montparnasse
[la tuʀ mɔ̃paʀnas]
蒙帕那斯大樓

l'Arc de triomphe
[laʀk də tʀiɔ̃f]
凱旋門

le Panthéon
[lə pɑ̃teɔ̃]
萬神殿

le Mont-Saint-Michel
[lə mɔ̃-sɛ̃-miʃɛl]
聖米歇爾山

le Château de Chambord
[lə ʃato də ʃɑ̃bɔʀ]
香波堡

le Château de Chenonceau
[lə ʃato də ʃənɔ̃so]

雪儂梭城堡

le Palais des Papes
[lə palɛ de pap]

教皇宮

▶▶ MP3-27

Avignon est dans ________ de France.

[aviɲɔ̃ ɛ dɑ̃ lə ________ də fʀɑ̃s]

亞維儂在法國的________。

le nord
[lə nɔʀ]
北方

le sud
[lə syd]
南方

l'est
[lɛst]
東方

l'ouest
[lwɛst]
西方

le nord-est
[lə nɔʀ-ɛst]
東北方

le nord-ouest
[lə nɔʀ-wɛst]
西北方

le sud-est
[lə syd-ɛst]
東南方

le sud-ouest
[lə syd-wɛst]
西南方

04 位置 Position

▶▶MP3-28

Les toilettes sont ________ la salle.

[le twalɛt sɔ̃ ________ la sal]

廁所在大廳的________。

à droite de
[a dʀwat də]
在……右邊

à gauche de
[a goʃ də]
在……左邊

à côté de
[a kote də]
在……旁邊

au fond de
[o fɔ̃ də]
在……底部

en face de
[ɑ̃ fas də]
在……對面

derrière

[dɛʀjɛʀ]

在……後面

devant

[dəvɑ̃]

在……前面

05 方向 Direction

▶▶MP3-29

Pour le musée du Louvre,
il faut ________________.

[puʀ lə myze dy luvʀ , il fo ________________]

到羅浮宮，要________________。

aller tout droit [ale tu dʀwa]	直走
tourner à droite [tuʀne a dʀwat]	右轉
tourner à gauche [tuʀne a goʃ]	左轉
traverser la rue [tʀavɛʀse la ʀy]	穿越馬路

06 交通工具
Moyens de transport

▶▶MP3-30

Je vais prendre ________ pour aller au Château de Versailles.

[ʒə vɛ pʀɑ̃dʀ ________ puʀ ale o ʃato də vɛʀsaj]

我要搭________到凡爾賽宮。

le bus [lə bys]	公車
le train [lə tʀɛ̃]	火車
le métro [lə metʀo]	捷運
l'avion [lavjɔ̃]	飛機
le bateau [lə bato]	船

le vélo

[lə velo]

腳踏車

________________ est‿à côté de l'église.

[______________ ɛ ta kote də legliz]

______________在教堂的旁邊。

La boulangerie
[la bulɑ̃ʒʀi]
麵包店

La pâtisserie
[la pɑtisʀi]
甜點店

La pharmacie
[la faʀmasi]
藥妝店

La bijouterie
[la biʒutʀi]
珠寶店

La librairie
[la libʀeʀi]
書店

La poste
[la pɔst]
郵局

La banque
[la bɑ̃k]
銀行

Le salon de coiffure
[lə salɔ̃ də kwafyʀ]
理髮店

Le supermarché
[lə sypɛʀmaʀʃe]
超級市場

Le grand magasin
[lə gʀɑ̃ magazɛ̃]
百貨公司

Le marché
[lə maʀʃe]
市場

Le magasin d'optique
[lə magazɛ̃ dɔptik]
眼鏡行

Le kiosque
[lə kjɔsk]
書報攤

Chapitre 5

物品市集

La mode et les‿affaires de toilette

01 衣服 Vêtements

02 顏色 Couleurs

03 盥洗用品 Affaires de toilette

04 配件 Accessoires

05 精品品牌 Grandes marques françaises

06 藥妝 Produits de beauté

01 衣服 Vêtements

▶▶ MP3-32

Je vais prendre ____________.

[ʒə vɛ pʀɑ̃dʀ ____________]

我要買____________。

le pull
[lə pyl]
毛衣

le pantalon
[lə pɑ̃talɔ̃]
長褲

le manteau
[lə mɑ̃to]
大衣

le chemisier
[lə ʃəmizje]
女用襯衫

le tee-shirt
[lə tiʃœʀt]
T恤

le costume
[lə kɔstym]
男用西裝

le slip
[lə slip]
男用三角褲

le jogging
[lə dʒɔgin]
運動服

le pyjama
[lə piʒama]
睡衣

la jupe
[la ʒyp]
裙子

la robe
[la ʀɔb]
連身洋裝

la chemise
[la ʃəmiz]
男用襯衫

la veste
[la vɛst]
外套

la blouse
[la bluz]
罩衫

la culotte
[la kylɔt]
女用內褲

la salopette
[la salɔpɛt]
吊帶褲

02 顏色

Couleurs

▶▶MP3-33

Vous‿avez ce modèle en ________ .

[vu zave sə mɔdɛl ɑ̃ ________]

您有這個款式________的嗎？

rouge
[ʀuʒ]
紅色

blanc
[blɑ̃]
白色

noir
[nwaʀ]
黑色

bleu
[blø]
藍色

jaune
[ʒon]
黃色

gris [gʀi]	灰色
rose [ʀoz]	粉紅色
vert [vɛʀ]	綠色
violet [vjɔlɛ]	紫色
orange [ɔʀɑ̃ʒ]	橘色
marron [maʀɔ̃]	咖啡色
beige [bɛʒ]	米白色

kaki
[kaki]
卡其色

mauve
[mov]
淡紫色

03 盥洗用具
Affaires de toilette

▶▶MP3-34

Il n'y a pas de ________________ dans la salle de bain.

[il ni a pa də ________________ dɑ̃ la sal də bɛ̃]

浴室沒有________________。

savon
[savɔ̃]
肥皂

papier toilette
[papje twalɛt]
衛生紙

mouchoirs
[muʃwaʀ]
面紙

après-shampoing
*[apʀɛ-sɑ̃pwɛ̃]
潤髮乳

*補充：de若緊接母音開頭的字，則必須縮寫成d'，唸[d]，所以d'après-shampoing唸[dapʀɛ-sɑ̃pwaɛ̃]。

shampoing
[ʃɑ̃pwɛ̃]
洗髮精

coton-tige
[kɔtɔ̃-tiʒ]
棉花棒

rasoir
[ʀɑzwaʀ]
刮鬍刀

dentifrice
[dɑ̃tifʀis]
牙膏

sèche-cheveux
[sɛʃ-ʃəvø]
吹風機

peignoir
[pɛɲwaʀ]
浴袍

brosse à dents
[bʀɔs a dɑ̃]
牙刷

serviette
[sɛʀvjɛt]
毛巾；浴巾

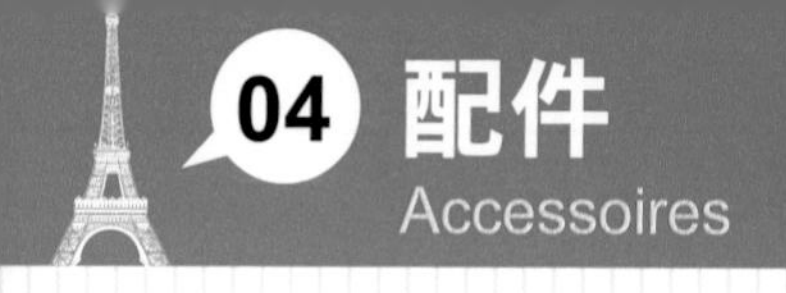

04 配件
Accessoires

▶▶MP3-35

Je vais acheter ____________.

[ʒə vɛ aʃte ____________]

我要買____________。

le chapeau
[lə ʃapo]
帽子

le foulard
[lə fulaʀ]
絲巾

le bonnet
[lə bɔnɛ]
毛帽

le sac à main
[lə sak a mɛ̃]
手提包

le collant
[lə kɔlɑ̃]
褲襪

le portefeuille
[lə pɔʀtəfœj]
皮夾

le porte-monnaie
[lə pɔʀt-mɔnɛ]
零錢包

le collier
[lə kɔlje]
項鍊

le bracelet
[lə bʀaslɛ]
手鍊

l'ombrelle
[lɔ̃bʀɛl]
陽傘

le parapluie
[lə paʀaplɥi]
雨傘

l'écharpe
[leʃaʀp]
圍巾

la bague
[la bag]
戒子

la cravate
[la kʀavat]
領帶

la montre
[la mɔ̃tʀ]
手錶

la ceinture
[la sɛ̃tyʀ]
皮帶

les boucles d'oreille
[le bukl dɔʀɛj]
耳環

les chaussettes
[le ʃosɛt]
襪子

les chaussures
[le ʃosyʀ]
鞋子

les gants
[le gɑ̃]
手套

les sandales
[le sɑ̃dal]
涼鞋

les bottes
[le bɔt]
靴子

les lunettes de vue
[le lynɛt də vy]
眼鏡

les lunettes de soleil
[le lynɛt də sɔlɛj]
太陽眼鏡

05 精品品牌

Grandes marques françaises

▶▶MP3-36

Y a t-il une boutique ________________ près d'ici?

[j a til yn butik ________________ pʀɛ disi]

這附近有沒有________________商店？

Louis Vuitton [lwi vɥitɔ̃]	路易威登
Chanel [ʃanɛl]	香奈兒
Dior [djɔʀ]	迪奧
Hermès [ɛʀmɛs]	愛馬仕
Longchamps [lɔ̃ʃɔ̃]	瓏驤

Yves Saint Laurent
[iv sɛ̃ lorɑ̃]
聖羅蘭

Chloé
[klɔe]
寇依

Cartier
[kaʀtje]
卡地亞

06 藥妝

Produits de beauté

▶▶MP3-37

Est-ce que vous‿avez ____________ ?

[ɛ-s kə vu zave ____________]

請問您有沒有____________？

du fard à paupières
[dy faʀ a popjɛʀ]
眼影

du mascara
[dy maskaʀa]
睫毛膏

du parfum
[dy paʀfɛ̃]
香水

des‿huiles essentielles
[de zɥil esɑ̃sjɛl]
精油

de la crème pour les mains
[də la kʀɛm puʀ le mɛ̃]
護手霜

du lait corporelle
[dy lɛ kɔʀpɔʀɛl]
身體乳液

du fond de teint
[dy fɔ̃ də tɛ̃]
粉底

de la crème solaire
[də la kʀɛm sɔlɛʀ]
防曬乳

du rouge à lèvre
[dy ʀuʒ a lɛvʀ]
口紅

du baume à lèvres
[dy bom a lɛvʀ]
護唇膏

du vernis à ongles
[dy vɛʀni aɔ̃gl]
指甲油

du démaquillant
[dy demakijɑ̃]
卸妝水

des vitamines
[de vitamin]
維他命

des préservatifs
[de pʀezɛʀvatif]
保險套

des serviettes hygiéniques
[de sɛʀvjɛt iʒjenik]
衛生棉

des pansements adhésifs
[de pɑ̃smɑ̃ adezif]
OK繃

Part 2

法國導遊教你的旅遊萬用句

Chapitre

❶ 機場篇 À l'aéroport

❷ 交通篇 Les transports

❸ 用餐篇 Au restaurant

❹ 住宿篇 Se loger

❺ 參觀篇 Visites et informations

❻ 購物篇 Shopping

❼ 困擾篇 Les‿ennuis

'est beau Franch Bonne journée Paris C'est beau Fr
Bonne journée Paris C'est beau Franch Bonne journée
'est beau Franch Bonne journée Paris C'est beau Fr
Bonne journée Paris C'est beau Franch Bonne journée
'est beau Franch Bonne journée Paris C'est beau Fr
Bonne journée Paris C'est beau Franch Bonne journée
'est beau Franch Bonne journée Paris C'est beau Fr
Bonne journée Paris C'est beau Franch Bonne journée
'est beau Franch Bonne journée Paris C'est beau Fr
Bonne journée Paris C'est beau Franch Bonne journée
'est beau Franch Bonne journée Paris C'est beau Fr
Bonne journée Paris C'est beau Franch Bonne journée
'est beau Franch Bonne journée Paris C'est beau Fr
Bonne journée Paris C'est beau Franch Bonne journée
'est beau Franch Bonne journée Paris C'est beau Fr
Bonne journée Paris C'est beau Franch Bonne journée
'est beau Franch Bonne journée Paris C'est beau Fr
Bonne journée Paris C'est beau Franch Bonne journée
'est beau Franch Bonne journée Paris C'est beau Fr
Bonne journée Paris C'est beau Franch Bonne journée
'est beau Franch Bonne journée Paris C'est beau Fr
Bonne journée Paris C'est beau Franch Bonne journée
'est beau Franch Bonne journée Paris C'est beau Fr
Bonne journée Paris C'est beau Franch Bonne journée
'est beau Franch Bonne journée Paris C'est beau Fr
Bonne journée Paris C'est beau Franch Bonne journée
'est beau Franch Bonne journée Paris C'est beau Fr
Bonne journée Paris C'est beau Franch Bonne journée

Chapitre 1

機場篇
À l'aéroport

01 入境審查 Arrivée à l'aéroport

02 領取行李 Récupérer les bagages

03 詢問搭車資訊
Demander les‿informations

04 退稅申請 Faire la détaxe

01 入境審查

Arrivée à l'aéroport

▶▶MP3-38

Bonjour. 您好。

[bɔ̃ʒuʀ]

Bonjour, votre passeport s'il vous plaît.

您好，您的護照麻煩您。

[bɔ̃ʒuʀ, vɔtʀ paspɔʀ sil vu plɛ]

Oui, voilà. 好的，在這裡。

[wi, vwala]

Vous venez d'où? 您從哪裡來的？

[vu vəne du]

Taïwan. 台灣。

[taiwan]

Quel est l'objet de votre visite?

您來訪的目的是什麼？

[kɛl ɛ lɔbʒɛ də vɔtʀ vizit]

Je suis‿en vacances. 我來度假的。

[ʒə sɥi zɑ̃ vakɑ̃s]

Combien de temps allez-vous rester?

您要在這裡待多久？

[kɔ̃bjɛ̃ də tɑ̃ ale-vu ʀɛste]

Quinze jours. 15天。

[kɛ̃z ʒuʀ]

Où allez-vous loger? 您要住在哪裡？

[u ale-vu lɔʒe]

À l'hôtel. 在旅館。

[a lotɛl]

Merci. Bon séjour. 謝謝。假期愉快。

[mɛʀsi. bɔ̃ seʒuʀ]

02 領取行李
Récupérer les bagages ▶▶MP3-39

Je n'ai pas trouvé ma valise sur le tapis roulant.

我在行李輸送帶上沒看到我的行李箱。

[ʒə nɛ pa tʀuve ma valiz syʀ lə tapi ʀulɑ̃]

Adressez-vous au bureau central des bagages.

您可以到行李中心詢問。

[adʀese-vu o byʀo sɑ̃tʀal de bagaʒ]

Avez-vous le ticket du bagage?

您有行李條碼嗎？

[ave-vu lə tikɛ dy bagaʒ]

Oui, le voilà. 有的，在這裡。

[wi, lə vwala]

Comment est votre valise?

您的行李長得怎麼樣？

[kɔmɑ̃ ɛ vɔtʀ valiz]

C'est‿une valise rigide, de couleur noire.

是一個硬殼的行李箱，黑色的。

[sɛ tyn valiz ʀiʒid, də kulœʀ nwaʀ]

Souvenez-vous de la marque et du modèle de votre valise?

您的行李箱是那一個品牌？

[suvne-vu də la maʀk e dy mɔdɛl də vɔtʀ valiz]

C'est le dernier modèle de France Bag.

法國袋子（France Bag）最新的款式。

[sɛ lə dɛʀnje mɔdɛl də fʀɑ̃s bag]

Très bien, nous‿allons vérifier dans le système.

好的，我們會在系統上追查。

[tʀɛ bjɛ̃, nu zalɔ̃ veʀifje dɑ̃ lə sistɛm]

03 詢問搭車資訊

Demander les‿informations ▶▶MP3-40

Bonjour, je voudrais aller à la Gare de Lyon, comment je peux y aller?

您好，我想到里昂車站，請問我要怎麼去？

[bɔ̃ʒuʀ, ʒə vudʀɛ ale a la gaʀ də ljɔ̃, kɔmɑ̃ ʒə pø j ale]

Vous pouvez prendre le train pour aller au centre, il y a aussi des navettes qui y vont.

您可以搭火車到市中心，或是您也可以搭接駁車到市中心。

[vu puve pʀɑ̃dʀ lə tʀɛ̃ puʀ ale o sɑ̃tʀ, il j a osi de navɛt ki i vɔ̃]

C'est direct? 是直達的嗎？

[sɛ diʀɛkt]

Le train s'arrête à toutes les stations, mais la navette est directe.

火車每站都停，但是接駁車是直達的。

[lə tʀɛ̃ saʀɛt a tut le statjɔ̃, mɛ la navɛt ɛ diʀɛkt]

D'accord. Combien ça coûte?

好的。票價多少？

[dakɔʀ. kɔ̃bjɛ̃ sa kut]

Le train est‿à 8 euros et la navette est‿à 10 euros.

火車是8歐元，接駁車是10歐元。

[lə tʀɛ̃ ɛ ta ɥit øʀo e la navɛt ɛ ta di zøʀo]

Où est-ce que je peux acheter des billets de train?

我可以在哪裡買火車票？

[u ɛ-s kə ʒə pø aʃte de bijɛ də tʀɛ̃]

Vous trouverez les guichets de train au rez-de-chaussez de cet‿immeuble.

您可以在這棟大樓的平面大廳找到售票櫃台。

[vu tʀuvʀe le giʃɛ də tʀɛ̃ o ʀedʃose də sɛ timœbl]

Merci. 謝謝。

[mɛʀsi]

04 退稅申請
Faire la détaxe

▶▶MP3-41

Bonjour je viens pour la détaxe.

您好，我來辦退稅。

[bɔ̃ʒuʀ ʒə vjɛ̃ puʀ la detaks]

Avez-vous vos bordereaux de détaxe?

您有商品退稅單嗎？

[ave-vu vo bɔʀdəʀo də detaks]

Oui, ils sont là. 有的，都在這裡。

[wi, il sɔ̃ la]

Très bien, vous voyez les codes barres sur les bordereaux?

好的，您看到退稅單上面的條碼嗎？

[tʀɛ bjɛ̃, vu vwaje le kɔd baʀ syʀ le bɔʀdəʀo]

Oui. 有的。

[wi]

Vous‿allez passer le code barres un par un dans la borne PABLO pour valider la détaxe.

您將條碼一個接一個通過PABLO機器啟動退稅程序。

[vu zale pase lə kɔd baʀ ɛ̃ paʀ ɛ̃ dɑ̃ la bɔʀn pablo puʀ valide la detaks]

Ensuite, présentez-vous au guichet de la douane, ils vont mettre un cachet sur vos bordereaux.

然後，您在到海關退稅櫃檯，他們會在退稅單上蓋上官方印鑑。

[ɑ̃sɥit, pʀezɑ̃te-vu o giʃɛ də la dwan, il vɔ̃ mɛtʀ ɛ̃ kaʃɛ syʀ vo bɔʀdəʀo]

Merci, on garde les bordereaux après?

謝謝，然後我留著退稅單嗎？

[mɛʀsi, ɔ̃ gaʀd le bɔʀdəʀo apʀɛ]

Non, vous devrez les mettre dans les‿enveloppes et puis les poster.

不是的，您必須將退稅單放到信封裡寄出。

[nɔ̃, vu dəvʀe le mɛtʀ dɑ̃ le zɑ̃vlɔp e pɥi le pɔste]

Chapitre 2

交通篇
Les transports

01 購買火車票

▶▶MP3-42

Bonjour je voudrais deux billets aller-retour Paris-Marseille, s'il vous plaît.

您好，我想要兩張巴黎-馬賽的來回票。

[bõʒuʀ ʒə vudʀɛ dø bijɛ alɛ-ʀətuʀ paʀi-maʀsɛj, sil vu plɛ]

Oui, pour quelle date? 好的，哪一天？

[wi, puʀ kɛl dat]

Pour le vendredi 20 juin. 6月20日星期五。

[puʀ lə vɑ̃dʀədi vɛ̃ ʒɥɛ̃]

Départ à quelle heure? 幾點出發的車？

[depaʀ a kɛl œʀ]

Celui de 13h05. 下午1點5分的那一班。

[səlɥi də tʀɛz œʀ sɛ̃k]

En première ou deuxième classe?

頭等車廂還是二等車廂？

[ɑ̃ pʀəmjɛʀ u døzjɛm klas]

En deuxième classe, s'il vous plaît.

二等車廂，麻煩您。

[ɑ̃ døzjɛm klas, sil vu plɛ]

Ça vous fait 80 euros, vous réglez comment?

總共80歐元，您怎麼付費？

[sa vu fɛ katʀəvɛ̃ øʀo, vu ʀegle kɔmɑ̃]

Par carte de crédit si possible.

可以的話用信用卡付費。

[paʀ kaʀt də kʀedi si pɔsibl]

Bien sûr. 當然可以。

[bjɛ̃ syʀ]

Voici vos billets. 這裡是您的票。

[vwasi vo bijɛ]

Merci au revoir. 謝謝，再見。

[mɛʀsi o ʀəvwaʀ]

Au revoir. 再見。

[o ʀəvwaʀ]

02 租車

Louer une voiture

▶▶MP3-43

Bonjour, je voudrais louer une voiture, s'il vous plaît.

您好，我想要租一台汽車，麻煩您。

[bɔ̃ʒuʀ, ʒə vudʀɛ lwe yn vwatyʀ, sil vu plɛ]

Avez-vous un modèle préféré?

您有喜愛的車款嗎？

[ave-vu ɛ̃ mɔdɛl pʀefeʀe]

Je préfère les voitures françaises.

我偏好法國車。

[ʒə pʀefɛʀ le vwatyʀ fʀɑ̃sɛz]

D'accord, une Peugeot?

好的，一台標誌汽車可以嗎？

[dakɔʀ, yn pœʒo]

Très bien. 好的。

[tʀɛ bjɛ̃]

Combien ça coûte par jour?

租一天的費用怎麼算？

[kɔ̃bjɛ̃ sa kut paʀ ʒuʀ]

Le tarif est‿à 25 euros par jour pour cette gamme.

這一等級的車，一天的費用是25歐元。

[lə taʀif ɛ ta vɛ̃tsɛ̃k øʀo paʀ ʒuʀ puʀ sɛt gam]

Je peux la rendre dans une autre ville?

我可以在另一個城市還車嗎？

[ʒə pø la ʀɑ̃dʀ dɑ̃ zyn otʀ vil]

Bien sûr, voici la liste de nos points de service en France.

當然，這是我們在法國各地的還車地點表。

[bjɛ̃ syʀ, vwasi la list də no pwɛ̃ də sɛʀvis ɑ̃ fʀɑ̃s]

Parfait, je la prends. 太好了，我租這輛。

[paʀfɛ, ʒə la pʀɑ̃]

Votre passeport et permis de conduire, s'il vous plaît.

您的護照和駕照，麻煩您。

[vɔtʀ paspɔʀ e pɛʀmi də kɔ̃dɥiʀ, sil vu plɛ]

03 搭火車

Prendre le train

▶▶MP3-44

Regarde le panneau d'affichage, notre train est‿au quai 12.

你看車班看版，我們的火車在12號月台。

[ʀəgaʀd lə pano dafiʃaʒ, nɔtʀ tʀɛ̃ ɛ to kɛ duz]

D'accord, nous‿allons composter nos billets d'abord.

好的，我們先去驗票機過票。

[dakɔʀ, nu zalɔ̃ kɔ̃pɔste no bijɛ dabɔʀ]

Tu as raison, il ne faut surtout pas l'oublier.

你說的對，千萬不能忘記這件事。

[ty a ʀɛzɔ̃, il nə fo syʀtu pa lublije]

Dans quelle voiture sommes-nous?

我們的車廂是幾號？

[dɑ̃ kɛl vwatyʀ sɔm-nu]

Voiture 7. 7號車廂。

[vwatyʀ sɛt]

Quels sont les numéros de nos places?

我們的車位號碼是多少？

[kɛl sɔ̃ le nymeʀo də no plas]

Places 17 et 18. 17和18號。

[plas dissɛt e dizɥit]

Voilà nous‿y sommes!

這裡就是我們的位子。

[vwala nu zi sɔm]

• • •

Bonjour messieurs-dames, vos billets s'il vous plaît.

先生女士您們好，車票，麻煩您們。

[bɔ̃ʒuʀ mesjø-dam, vo bijɛ sil vu plɛ]

Les voilà. 在這裡。

[le vwala]

Merci, bon voyage. 謝謝，

[mɛʀsi, bɔ̃ vwajaʒ]

Merci. 謝謝。

[mɛʀsi]

04 搭船

Prendre le bateau

▶▶MP3-45

Excusez-moi, l'embarquement du bateau pour l'île d'Ouessant, c'est par où?

不好意思，請問到韋桑島的船，在哪裡搭？

[ɛkskyze-mwa, lɑ̃baʀkəmɑ̃ dy bato puʀ lil dwɛsɑ̃ sɛ paʀ u]

C'est‿au quai 5. 在5號碼頭。

[sɛ to kɛ sɛ̃k]

Il n'y a pas de numéro de place sur le billet, c'est normal?

船票上沒有座位號碼，這是正常嗎？

[il ni a pa də nymeʀo də plas syʀ lə bijɛ, sɛ nɔʀmal]

Oui, ce sont des places libres, vous pouvez choisir la place qui vous plaît.

正常的，船上的位子是自由座，您可以選擇您想要的座位。

[wi, sə sɔ̃ de plas libʀ, vu puve ʃwaziʀ la plas ki vu plɛ]

D’accord. 好的。

[dakɔʀ]

Ça va prendre combien de temps pour arriver à destination?

到目的地要多久？

[sa va pʀɑ̃dʀ kɔ̃bjɛ̃ də tɑ̃ puʀ aʀive a dɛstinasjɔ̃]

2 heures environ. 大約2小時。

[dø zœʀ ɑ̃viʀɔ̃]

Ah quand même! 是哦，也不算近！

[ɑ kɑ̃ mɛm]

Vous‿avez le mal de mer?

您會暈船嗎？

[vu zave lə mal də mɛʀ]

Je ne sais pas. 我不知道。

[ʒə nɛ sɛ pa]

Il y a des sacs en papier au cas où.

這裡有紙袋，如果需要的話。

[il j a de sak ɑ̃ papje o ka u]

Merci. 謝謝。

[mɛʀsi]

05 搭計程車

Prendre le taxi

▶▶MP3-46

Bonjour, Place de Clichy, s'il vous plaît.

您好，我要到克利希廣場，麻煩您。

[bɔ̃ʒuʀ, plas də kliʃi, sil vu plɛ]

Oui, vous‿avez un‿itinéraire préféré?

您有偏好的路線嗎？

[wi, vu zave ɛ̃ nitineʀɛʀ pʀefeʀe]

Le plus rapide, s'il vous plaît.

最快的就好，麻煩您。

[lə ply ʀapid, sil vu plɛ]

C'est l'heure de pointe, il y a peut-être des‿embouteillages.

現在是交通尖峰時間，有可能會遇到塞車。

[sɛ lœʀ də pwɛ̃t, il j a pøt-ɛtʀ de zɑ̃butɛjaʒ]

D'accord, je comprends. 好的，我瞭解。

[dakɔʀ, ʒə kɔ̃pʀɑ̃]

• • •

Arrêtez-vous ici, s'il vous plaît.

麻煩您，停在這裡。

[aʀete-vu isi, sil vu plɛ]

Pas de problème. Ça vous fait 25 euros, s'il vous plaît.

沒問題，總共25歐元，麻煩您。

[pa də pʀɔblɛm. sa vu fɛ vɛ̃tsɛ̃k øʀo, sil vu plɛ]

Chapitre 3

用餐篇
Au restaurant

01 餐廳訂位
Réserver une table

▶▶MP3-47

Chez Luca bonjour. 盧卡家餐廳，您好。

[ʃe lyka bɔ̃ʒuʀ]

Bonjour, je voudrais réserver une table pour vendredi soir.

您好，我想要訂星期五晚上的位子。

[bɔ̃ʒuʀ, ʒə vudʀɛ ʀezɛʀve yn tabl puʀ vɑ̃dʀədi swaʀ]

Oui, madame, c'est pour combien de personnes?

好的，總共多少人？

[wi, madam, sɛ puʀ kɔ̃bjɛ̃ də pɛʀsɔn]

Pour 4 personnes. 4個人。

[puʀ katʀ pɛʀsɔn]

À quelle heure comptez-vous arriver?

您們預計幾點到呢？

[a kɛl œʀ kɔ̃te-vu aʀive]

Vers 20‿heures. 大約晚上8點。

[vɛʀ vɛ̃ tœʀ]

C'est‿à quel nom? 訂位人的名字？

[sɛ ta kɛl nɔ̃]

Dumas, D.U.M.A.S. 杜馬，D.U.M.A.S。

[dyma, de.y.ɛm.a.ɛs]

Parfait, c'est noté. 很好，記下了。

[paʀfɛ, sɛ nɔte]

À vendredi madame. 星期五見了太太。

[a vɑ̃dʀədi madam]

Au revoir. 再見。

[o ʀəvwaʀ]

02 買麵包
Acheter du pain

▶▶MP3-48

Bonjour madame, vous désirez?

您好太太，您想要什麼？

[bɔ̃ʒuʀ madam, vu deziʀe]

Bonjour je voudrais une baguette bien cuite.

您好，我想要一條烤得比較熟的長棍麵包。

[bɔ̃ʒuʀ ʒə vudʀɛ yn bagɛt bjɛ̃ kɥit]

Avec ceci? 還要其他的嗎？

[avɛk səsi]

Je vais prendre aussi un croissant et un pain au chocolat.

我還要一個可頌和一個巧克力麵包。

[ʒə ve pʀɑ̃dʀ osi ɛ̃ kʀwasɑ̃ e ɛ̃ pɛ̃ o ʃɔkɔla]

Oui, ça sera tout? 好的，這樣就好了嗎？

[wi, sa səʀa tu]

Oui, ça sera tout. 是的，這樣就好了。

[wi, sa səʀa tu]

Très bien, une baguette deux‿euros, un croissant un‿euro cinquante,

好的，一個長棍麵包2歐元，一個可頌1,50歐元，

[tʀɛ bjɛ̃, yn bagɛt dø zøʀo, ɛ̃ kʀwasɑ̃ ɛ̃ nøʀo sɛ̃kɑ̃t,]

un pain au chocolat un‿euro quatre-vingts, ça fait cinq euros trente, s'il vous plaît.

一個巧克力麵包1,80歐元，總共5,30歐元，麻煩您。

[ɛ̃ pɛ̃ o ʃɔkɔla ɛ̃ nøʀo katʀə-vɛ̃, sa fɛ sɛ̃k øʀo tʀɑ̃t, sil vu plɛ]

Tenez. 請收下。

[təne]

Merci, au revoir, bonne journée.

謝謝，再見，祝您有美好的一天。

[mɛʀsi, o ʀəvwaʀ, bɔn ʒuʀne]

Bonne journée à vous aussi.

也祝您有美好的一天。

[bɔn ʒuʀne a vu osi]

03 點餐 Commander un repas

▶▶MP3-49

Bonsoir messieurs-dames, voulez-vous prendre un‿apéritif?

先生女士您好，請問您們要點餐前酒嗎？

[bɔ̃swaʀ mesjø-dam, vule-vu pʀɑ̃dʀ ɛ̃ napeʀitif]

Oui, un kir royal et un Pastis, s'il vous plaît.

是的，一杯皇家基爾酒和一杯茴香酒，麻煩您。

[wi, ɛ̃ kiʀ ʀwajal e ɛ̃ pastis, sil vu plɛ]

Très bien. 好的。

[tʀɛ bjɛ̃]

• • •

Excusez-moi, avez-vous choisi?

不好意思，請問您們選好了嗎？

[ɛkskyze-mwa, ave-vu ʃwazi]

Oui. 好了。

[wi]

Qu’est-ce que vous voulez prendre comme entrée?

您們想要點什麼當前菜？

[kɛ-s kə vu vule pʀɑ̃dʀ kɔm ɑ̃tʀe]

Je vais prendre une salade niçoise.

我要點一份尼斯沙拉。

[ʒə vɛ pʀɑ̃dʀ yn salad niswaz]

Pour moi, je prendrai des rillettes de canard.

我的話，我點一份鴨肉醬。

[puʀ mwa, ʒə pʀɑ̃dʀe de ʀijɛt də kanaʀ]

Et, comme plat? 主菜呢？

[e kɔm pla]

Nous‿allons prendre deux moules marinières avec frites.

我們點兩份淡菜配薯條。

[nu zalɔ̃ pʀɑ̃dʀ dø mul maʀinjɛʀ avɛk fʀit]

Comme boisson, qu'est-ce que vous désirez?

飲料呢，您們想要點什麼？

[kɔm bwasɔ̃, kɛ-s kə vu deziʀe]

Euh... qu'est-ce que vous nous conseillez?

哦……您建議什麼呢？

[ø quɛ-s kə vu nu kɔ̃seje]

Avec les moules, je vous conseille de prendre une bière ou du vin blanc.

配淡菜的話，我建議配一杯啤酒或一杯白酒。

[avɛk le mul, ʒə vu kɔ̃sej də pʀɑ̃dʀ yn bjɛʀ u dy vɛ̃ blɑ̃]

CH 3 用餐篇

D’accord, deux bières 1664 alors.

好的，這樣就兩杯1664啤酒。

[dakɔʀ, dø bjɛʀ sɛz swasɑ̃t katʀ alɔʀ]

Parfait. 沒問題。

[paʀfɛ]

04 點甜點

Commander des desserts

▶▶MP3-50

Excusez-moi, vous‿avez terminé?

不好意思，請問您們用完餐了嗎？

[ɛkskyze-mwa, vu zave tɛʀmine]

Oui. 用完了。

[wi]

Je vous débarrasse la table?

我為您們整理桌子。

[ʒə vu debaʀas la tabl]

Oui, merci. 好的，謝謝。

[wi, mɛʀsi]

Voulez-vous prendre des desserts?

您們想要點甜點嗎？

[vule-vu pʀɑ̃dʀ de desɛʀ]

Oui. 要的。

[wi]

Voici la carte des desserts.

這是甜點單。

[vwasi la kaʀt de desɛʀ]

Merci. 謝謝。

[mɛʀsi]

Je vous‿écoute.

請說。

[ʒə vu zekut]

Je prendrai un fondant au chocolat.

我要點一個熔岩巧克力。

[ʒə pʀɑ̃dʀe ɛ̃ fɔ̃dɑ̃ o ʃɔkɔla]

Je vais prendre un mille-feuille à la vanille.

我要點一個香草千層派。

[ʒə vɛ pʀɑ̃dʀ ɛ̃ milfœj a la vanij]

Très bien. Je vous sers tout de suite.

好的，馬上為您們送來。

[tʀɛ bjɛ̃ ʒə vu sɛʀ tu də sɥit]

05 要求服務

Demander un service

▶▶ MP3-51

Excusez-moi, monsieur.

先生不好意思。

[ɛkskyze-mwa, məsjø]

Oui, je peux vous‿aider?

是的，有什麼我可以幫您的嗎？

[wi, ʒə pø vu zede]

Nous voudrions une carafe d'eau, s'il vous plaît.

我們想要一壺白開水，麻煩您。

[nu vudʀjɔ̃ yn kaʀaf do, sil vu plɛ]

D'accord. Je vous l'apporte.

好的。我幫您拿來。

[dakɔʀ. ʒə vu lapɔʀt]

Pardon, du pain s'il vous plaît.

不好意思，我們還要麵包，麻煩您。

[paʀdɔ̃, dy pɛ̃ sil vu plɛ]

Pas de problème, tout de suite.

沒問題，馬上來。

[pa də pʀɔblɛm, tu də sɥit]

Merci. 謝謝。

[mɛʀsi]

• • •

Excusez-moi, l'addition s'il vous plaît.

不好意思，結帳麻煩您。

[ɛkskyze-mwa, ladisjɔ̃ sil vu plɛ]

Voici votre reçu. 這是您的帳單。

[vwasi vɔtʀ ʀəsy]

Très bien. 好的。

[tʀɛ bjɛ̃]

Vous réglez comment? 您要怎麼付費？

[vu ʀegle kɔmɑ̃]

Par carte bleu. 用金融卡。

[paʀ kaʀt blø]

Chapitre 4

住宿篇
Se loger

01 訂房 Réserver une chambre

02 入住 Arrivée à l'hôtel

03 飯店設備 Equipements de l'hôtel

04 飯店內撥打電話
Appel entre les chambres

05 叫車服務
Demander un taxi à l'hôtel

01 訂房

Réserver une chambre

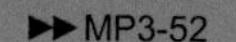

Hôtel Alice bonjour.

愛麗絲飯店，您好。

[otɛl alis bɔ̃ʒuʀ]

Je voudrais une chambre pour deux personnes pour lundi prochain.

我想要為下星期一訂一間雙人房。

[ʒə vudʀɛ yn ʃɑ̃bʀ puʀ dø pɛʀsɔn puʀ lɛ̃di pʀɔʃɛ̃]

Une chambre avec un grand lit ou avec lits séparés?

一間大床還是兩張分開的床。

[yn ʃɑ̃bʀ avɛk ɛ̃ gʀɑ̃ li u avɛk li sepaʀe]

Une chambre avec un grand lit.

一間大床的房間。

[yn ʃɑ̃bʀ avɛk ɛ̃ gʀɑ̃ li]

Voulez-vous le petit-déjeuner?

您想要在飯店用早餐嗎？

[vule-vu lə pəti-deʒœne]

Pourquoi pas, avec le petit-déjeuner, ça fait combien?

好啊，和早餐的話，價格多少？

[puʀkwa pa, avɛk lə pəti-deʒœne, sa fɛ kɔ̃bjɛ̃]

Ça vous fait 90 euros. 總共90歐元。

[sa vu fɛ katʀvɛ̃di zøʀo]

Parfait, je vais prendre une chambre avec un grand lit et le petit-déjeuner.

好的，我訂一大床的雙人房加早餐。

[paʀfɛ, ʒə ve pʀɑ̃dʀ yn ʃɑ̃bʀ avɛk ɛ̃ gʀɑ̃ li e lə pəti-deʒœne]

Très bien, c'est‿à quel nom?

好的，訂房人的名字？

[tʀɛ bjɛ̃, sɛ ta kɛl nɔ̃]

Dupont, D.U.P.O.N.T.

杜邦，D.U.P.O.N.T。

[dypɔ̃, de.y.pe.o.ɛn.te]

C'est noté. À Lundi.

記下了。下星期一見。

[sɛ nɔte. a lɛ̃di]

À lundi. 星期一見。

[a lɛ̃di]

02 入住
Arrivée à l'hôtel

▶▶MP3-53

Bonjour, j'ai réservé une chambre pour 2 personnes ce soir.

您好，我今晚訂了一間雙人房。

[bɔ̃ʒuʀ, ʒe ʀezɛʀve yn ʃɑ̃bʀ puʀ dø pɛʀsɔn sə swaʀ]

Pourriez-vous me donner votre nom?

您可以給我您的名字嗎？

[puʀje-vu mə dɔne vɔtʀ nɔ̃]

Louise Dupont. 路易絲・杜邦。

[lwiz dypɔ̃]

D'accord, votre passeport s'il vous plaît.

好的，您的護照麻煩您。

[dakɔʀ, vɔtʀ paspɔʀ sil vu plɛ]

Tenez. 在這裡。

[təne]

Vous voulez prendre le petit-déjeuner demain matin?

您明天要在飯店用早餐嗎？

[vu vule pʀɑ̃dʀ lə pəti-deʒœne dəmɛ̃ matɛ̃]

Oui, le service commence à quelle heure?

要的，請問幾點開始？

[wi, lə sɛʀvis kɔmɑ̃s a kɛl œʀ]

À partir de 7h et il se termine à 10h.

從7點到10點。

[a paʀtiʀ də sɛt œʀ e il sə tɛʀmin a di zœʀ]

D'accord. 好的。

[dakɔʀ]

Votre chambre est‿au cinquième étage, numéro 502.

您房間在5樓，房號502。

[vɔtʀ ʃɑ̃bʀ ɛ to sɛ̃kjɛm etaʒ, nymeʀo sɛ̃ sɑ̃ dø]

Voici votre carte de chambre.

這是您的房卡。

[vwasi vɔtʀ kaʀt də ʃɑ̃bʀ]

Merci. 謝謝。

[mɛʀsi]

CH 4 住宿篇

03 飯店設備

Equipements de l'hôtel

▶▶MP3-54

Excusez-moi, vous‿avez le WIFI ici?

不好意思，這裡有無線網路嗎？

[ɛkskyze-mwa, vu zave lə wifi isi]

Oui, c'est le réseau: amour.

有的，是網名：amour。

[wi, sɛ lə ʀezo: amuʀ]

Il faut entrer un code? 需要密碼嗎？

[il fo ɑ̃tʀe ɛ̃ kɔd]

Le code est le numéro de téléphone de l'hôtel.

密碼是飯店的電話號碼。

[lə kɔd ɛ lə nymeʀo də telefɔn də lotɛl]

Le WIFI est gratuit?

無線網路是免費的嗎？

[lə wifi ɛ gʀatɥi]

Oui, mais seulement pendant 2‿heures.

是的，但是只有2小時。

[wi, mɛ sœlmɑ̃ pɑ̃dɑ̃ dø zœʀ]

D'accord. 好的。

[dakɔʀ]

Une autre question, est-ce qu'il y a des sèche-cheveux dans la chambre?

另外一個問題，房間裡面有沒有吹風機？

[yn otʀ kɛstjɔ̃, ɛ-s kil j a de sɛʃ-ʃəvø dɑ̃ la ʃɑ̃bʀ]

Oui, chaque chambre est‿équipée d'un sèche-cheveux.

有的，每間房間裡都有一台吹風機。

[wi, ʃak ʃɑ̃bʀ ɛ tekipe dɛ̃ sɛʃ-ʃəvø]

Parfait, merci beaucoup. 太好了，謝謝您。

[paʀfɛ, mɛʀsi boku]

Je vous‿en prie. 不用客氣。

[ʒə vu zɑ̃ pʀi]

04 飯店內撥打電話

Appel entre les chambres

▶▶MP3-55

Allô, réception bonjour.

喂，櫃檯您好。

[alo, ʀesɛpsjɔ̃ bɔ̃ʒuʀ]

Allô, je voudrais savoir comment on peut appeler d'une chambre à l'autre?

您好，我想要知道房間之間要怎麼互通電話？

[alo, ʒə vudʀɛ savwaʀ kɔmɑ̃ ɔ̃ pø aple dyn ʃɑ̃bʀ a lotʀ]

Vous devez composer le 4, ensuite vous composez le numéro de chambre.

您必須先按4，然後再按那間房間號碼。

[vu dəve kɔ̃poze lə katʀ, ɑ̃sɥit vu kɔ̃poze lə nymeʀo də ʃɑ̃bʀ]

D'accord, donc 4 plus le numéro de chambre que je veux appeler.

好的，所以是4加上我想撥的房間號碼。

[dakɔʀ, dɔ̃k katʀ plys lə nymeʀo də ʃɑ̃bʀ kə ʒə vø aple]

Exactement. 沒錯。

[ɛgzaktəmɑ̃]

Merci. 謝謝。

[mɛʀsi]

Je vous‿en prie. 不客氣。

[ʒə vu zɑ̃ pʀi]

05 叫車服務

Demander un taxi à l'hôtel

▶▶MP3-56

Bonjour, pourriez-vous nous‿appeler un taxi pour l'aéroport?

您好，您可以幫我叫輛計程車到機場嗎？

[bɔ̃ʒuʀ, puʀje-vu nu zaple ɛ̃ taksi puʀ laeʀɔpɔʀ]

Bien sûr. 當然沒問題。

[bjɛ̃ syʀ]

Vous le voulez pour quand?

您什麼時候需要？

[vu lə vule puʀ kɑ̃]

Pour cet‿après-midi, vers 15 heures.

今天下午，大約3點。

[puʀ sɛt apʀɛ-midi, vɛʀ kɛ̃z œʀ]

Notre avion décolle à 18 heures.

我們的飛機下午6點起飛。

[nɔtʀ avjɔ̃ dekɔl a diz-ɥit œʀ]

D’accord. 好的。

[dakɔʀ]

Vous‿avez combien de bagages?

您們有多少行李呢？

[vu zave kɔ̃bjɛ̃ də bagaʒ]

Nous‿avons 2 grandes valises et 2 bagages à main.

我們有兩個大行李箱和兩個手提行李。

[nu zavɔ̃ dø gʀɑ̃d valiz e dø bagaʒ a mɛ̃]

Le taxi va arriver à l’hôtel à 15h, le chauffeur vous‿attendra devant l’hôtel.

計程車會在下午3點鐘抵達飯店，司機會在大門前等您們。

[lə taksi va aʀive a lotɛl a kɛ̃z œʀ, lə ʃofœʀ vu zatɑ̃dʀa dəvɑ̃ lotɛl]

Très bien, je vous remercie.

太好了，感謝您。

[tʀɛ bjɛ̃, ʒə vu ʀəmɛʀsi]

Je vous‿en prie. 不客氣。

[ʒə vu zɑ̃ pʀi]

Chapitre 5

參觀篇
Visites et informations

01 購票 Acheter des billets

02 參觀時間 Horaires de visite

03 要求參觀手冊
Demander des brochures de visite

04 要求導覽
Demander un guide de visite

05 詢問參觀方向
Demander le sens de la visite

01 購票

Acheter des billets

▶▶MP3-57

Bonjour je voudrais savoir si vous‿avez des musée-pass?

您好，我想知道您們有沒有博物館通行卡？

[bɔ̃ʒuʀ ʒə vudʀɛ savwaʀ si vu zave de myze-pas]

Oui, nous‿avons des pass de 3 jours et 5 jours, vous‿en voulez un?

有的，我們3天和5天的通行卡，您要不要買一張？

[wi, nu zavɔ̃ de pas də tʀwɑ ʒuʀ e sɛ̃k ʒuʀ, vu zɑ̃ vule ɛ̃]

Un pass de 3 jours ça coûte combien?

3天的通行卡要多少錢？

[ɛ̃ pas də tʀwɑ ʒuʀ sa kut kɔ̃bjɛ̃]

45 euros et vous pouvez visiter tous les musées qui sont sur la liste.

45歐元而且您可以參觀這張表上列的所有博物館。

[karɑ̃t sɛ̃k øro e vu puve vizite tu le myze ki sɔ̃ syr la list]

Est-ce qu'il y a des réductions avec la carte d'étudiant?

請問學生證有打折嗎？

[ɛ-s kil j a de redyksjɔ̃ avɛk la kart detydjɑ̃]

Oui, c'est 20% moins cher.

有的，打八折。

[wi, sɛ vɛ̃ pur sɑ̃ mwɛ̃ ʃɛr]

Très bien, je vais prendre deux pass de 3 jours, s'il vous plaît.

太好了，這樣我拿兩張3天的通行卡，麻煩您。

[tʀɛ bjɛ̃, ʒɛ ve pʀɑ̃dʀ dø pas də tʀwɑ ʒuʀ, sil vu plɛ]

Pourriez-vous me montrer vos cartes d'étudiant?

您可以給我看看您們的學生證嗎？

[puʀje-vu mə mɔ̃tʀe vo kaʀt detydjɑ̃]

Bien sûr. Tenez. 當然可以，在這裡。

[bjɛ̃ syʀ. təne]

Deux pass de 3 jours moins 20%, ça vous fait 72 euros, s'il vous plaît.

兩張3天的通行卡打八折，總共72歐元，麻煩您。

[dø pas də tʀwɑ ʒuʀ mwɛ̃ vɛ̃ puʀ sɑ̃, sa vu fɛ swasɑ̃tduz øʀo, sil vu plɛ]

▶▶MP3-58

Bonjour, je voudrais connaître les‿horaires de visite du musée.

您好，我想知道這間博物館的開放時刻。

[bɔ̃ʒuʀ, ʒə vudʀɛ kɔnɛtʀ le zɔʀɛʀ də vizit dy myze]

Nous‿ouvrons du mardi au dimanche, de 9h à 18h.

我們星期二到星期五都開放，從早上9點到下午6點。

[nu zuvʀɔ̃ dy maʀdi o dimɑ̃ʃ, də nœv œʀ a dizɥit œʀ]

Mais il est‿interdit d'entrer trente minutes avant la fermeture.

但是，關門前的30分鐘就禁止入內參觀了。

[mɛ il ɛ tɛ̃tɛʀdi dɑ̃tʀe tʀɑ̃t minyt avɑ̃ la fɛʀmətyʀ]

D’accord, c’est les même horaires pour toutes les salles d’exposition?

好的，每間展覽廳的時刻都一樣嗎？

[dakɔʀ, sɛ le mɛm ɔʀɛʀ puʀ tut le sal dɛkspozisjɔ̃]

Non, la salle A est‿ouverte uniquement le matin entre 9h et midi.

沒有喔，A展覽廳只有開放早上9點到中午12點。

[nɔ̃, la sal a ɛ tuvɛʀt ynikmɑ̃ lə matɛ̃ ɑ̃tʀ nœv œʀ e midi]

Merci pour les‿informations.

謝謝您的資訊。

[mɛʀsi puʀ le zɛ̃fɔʀmasjɔ̃]

Je vous‿en prie. 不客氣。

[ʒə vu zɑ̃ pʀi]

03 要求參觀手冊

Demander des brochures de visite

▶▶MP3-59

Auriez-vous des brochures du musée?

請問您們有博物館的介紹手冊嗎？

[ORje-vu de bRɔʃyR dy myze]

Oui, en quelle langue préféréz-vous?

有的，您需要那一種語言？

[wi, ɑ̃ kɛl lɑ̃g pRefeRe-vu]

En chinois, s'il vous plaît.

中文的，麻煩您。

[ɑ̃ ʃinwa, sil vu plɛ]

Vous‿en voulez combien?

您想要幾份？

[vu zɑ̃ vule kɔ̃bjɛ̃]

J'en‿ai besoin de six. 我需要6份。

[ʒɑ̃ nɛ bəzwɛ̃ də sis]

Tenez, six brochures en chinois.

這裡，6份中文的介紹手冊。

[təne, si bʀɔʃyʀ ɑ̃ ʃinwa]

Merci beaucoup. 真是謝謝。

[mɛʀsi boku]

Bonne visite. 參觀愉快。

[bɔn vizit]

04 要求導覽

Demander un guide de visite ▶▶MP3-60

Bonjour, avez-vous le service des guides-accompagnateurs français-chinois?

您好，請問您們有提供法文-中文的導覽員服務嗎？

[bɔ̃ʒuʀ, ave-vu lə sɛʀvis de gid-akɔ̃paɲatœʀ fʀɑ̃sɛ-ʃinwa]

Non, mais nous‿avons le guide audio en chinois, si vous voulez.

沒有，但是我們有中文的語音導覽，如果您想要的話。

[nɔ̃, mɛ nu zavɔ̃ lə gid odjo ɑ̃ ʃinwa, si vu vule]

Et le tarif du guide audio est‿à combien?

語音導覽的費用是多少呢？

[e lə taʀif dy gid odjo ɛ ta kɔ̃bjɛ̃]

C’est gratuit. 是免費的。

[sɛ gʀatɥi]

Génial! je veux bien.

太棒了！這樣我要了。

[ʒenjal! ʒə vø bjɛ̃]

Pour commencer, appuyez sur le bouton 2.

要開始導覽的話，就按按鍵2。

[puʀ kɔmɑ̃se, apɥije syʀ lə butɔ̃ dø]

Après la visite, vous pouvez laisser le guide audio à mes collègues.

參觀結束後，您可以把導覽機交給我的同事們。

[apʀɛ la vizit, vu puve lese lə gid odjo a me kɔlɛg]

D'accord merci. 好的謝謝。

[dakɔʀ mɛʀsi]

Bonne visite. 參觀愉快。

[bɔn vizit]

05 詢問參觀方向

Demander le sens de la visite

▶▶MP3-61

Excusez-moi, j'aimerais revenir au début de l'exposition.

不好意思，我想要回到參觀的起點。

[ɛkskyze-mwa, ʒɛmʀɛ ʀəvəniʀ o deby də lɛkspozisjɔ̃]

Ce n'est pas possible, madame. La visite se fait en sens unique.

這是不可能的，女士。參觀路線只能往前走。

[sə nɛ pa pɔsibl, madam. la vizit sə fɛ ɑ̃ sɑ̃s ynik]

Ah bon, mais pour retrouver mes‿amis, comment je fais?

是喔，那我要怎麼樣才跟我的朋友們會合？

[ɑ bɔ̃, mɛ puʀ ʀətʀuve me zami, kɔmɑ̃ ʒə fɛ]

Tout ce que vous pouvez faire, c'est de les‿attendre à la sortie.

您可以做的就是到出口等他們。

[tu sə kə vu puve fɛʀ, sɛ də le zatɑ̃dʀ a la sɔʀti]

D’accord, mais il n’y a qu’une sortie?

好，但是出口只有一個嗎？

[dakɔʀ, mɛ il ni a kyn sɔʀti]

Oui, il n’y a qu’une sortie, vous‿êtes sûr de les retrouver là-bas.

是的，只有一個出口，您一定會在那裡找到他們的。

[wi, il ni a kyn sɔʀti, vu zɛt syʀ də le ʀətʀuve la-bɑ]

Très bien, merci pour l’information.

好的，謝謝您的告知。

[tʀɛ bjɛ̃, mɛʀsi puʀ lɛ̃fɔʀmasjɔ̃]

De rien. 不客氣。

[də ʀjɛ̃]

'est beau Franch Bonne journée Paris C'est beau Fr
Bonne journée Paris C'est beau Franch Bonne journée
'est beau Franch Bonne journée Paris C'est beau Fr
Bonne journée Paris C'est beau Franch Bonne journée
'est beau Franch Bonne journée Paris C'est beau Fr
Bonne journée Paris C'est beau Franch Bonne journée
'est beau Franch Bonne journée Paris C'est beau Fr
Bonne journée Paris C'est beau Franch Bonne journée
'est beau Franch Bonne journée Paris C'est beau Fr
Bonne journée Paris C'est beau Franch Bonne journée
'est beau Franch Bonne journée Paris C'est beau Fr
Bonne journée Paris C'est beau Franch Bonne journée
'est beau Franch Bonne journée Paris C'est beau Fr
Bonne journée Paris C'est beau Franch Bonne journée
'est beau Franch Bonne journée Paris C'est beau Fr
Bonne journée Paris C'est beau Franch Bonne journée
'est beau Franch Bonne journée Paris C'est beau Fr
Bonne journée Paris C'est beau Franch Bonne journée
'est beau Franch Bonne journée Paris C'est beau Fr
Bonne journée Paris C'est beau Franch Bonne journée
'est beau Franch Bonne journée Paris C'est beau Fr
Bonne journée Paris C'est beau Franch Bonne journée
'est beau Franch Bonne journée Paris C'est beau Fr
Bonne journée Paris C'est beau Franch Bonne journée
'est beau Franch Bonne journée Paris C'est beau Fr
Bonne journée Paris C'est beau Franch Bonne journée
'est beau Franch Bonne journée Paris C'est beau Fr
Bonne journée Paris C'est beau Franch Bonne journée

Chapitre 6

購物篇
Shopping

01 尋找商品

Chercher un produit

▶▶MP3-62

Bonjour, vous‿avez cette robe en taille 38?

您好，請問您有這件洋裝38號嗎？

[bɔ̃ʒuʀ, vu zave sɛt ʀɔb ɑ̃ taj tʀɑ̃t ɥit]

Oui, je vais vous la chercher.

有的，我去幫您拿。

[wi, ʒə vɛ vu la ʃɛʀʃe]

Qu’est-ce que vous‿en pensez?

您覺得怎麼樣？

[kɛ-s kə vu zɑ̃ pɑ̃se]

Cette robe vous va très bien.

這件洋裝很適合您。

[sɛt ʀɔb vu va tʀɛ bjɛ̃]

Pour les chaussures, vous‿avez ce modèle en rouge?

鞋子的話，您有紅色的這款鞋嗎？

[puʀ le ʃosyʀ, vu zave sə mɔdɛl ɑ̃ ʀuʒ]

Oui, quelle est votre pointure?

有的，您穿幾號鞋？

[wi, kɛl ɛ vɔtʀ pwɛ̃tyʀ]

37.　37號。

[tʀɑ̃tsɛt]

Les voilà, vous voulez les‿essayer?

在這裡，您要試試嗎？

[le vwala, vu vule le zeseje]

Oui… C'est‿un peu serré, peut-être une pointure au-dessus.

好……有點緊，可能要拿大一號的。

[wi… sɛ tɛ̃ pø sɛʀe, pø-tɛtʀ yn pwɛ̃tyʀ o-dəsy]

Pas de problème, je vais les chercher.

沒問題，我去幫您拿。

[pa də pʀɔblɛm, ʒə vɛ le ʃɛʀʃe]

02 減價促銷

Les soldes

▶▶MP3-63

Bonjour madame, je peux vous‿aider?

您好女士，我可以幫您嗎？

[bɔ̃ʒuʀ madam, ʒə pø vu zede]

Non, ça ira, je jète un coup d'œil d'abord.

不用，我可以自己來，我先看看。

[nɔ̃, sa iʀa, ʒə ʒɛt ɛ̃ ku dœj dabɔʀ]

Nous faisons des promotions en ce moment, il y a des réductions sur tous les‿articles.

我們現在有促銷，所有的商品都有折扣。

[nu fəzɔ̃ de pʀɔmɔsjɔ̃ ɑ̃ sə mɔmɑ̃, il j a de ʀedyksjɔ̃ syʀ tu le zaʀtikl]

Intéressant… J'aime bien ce pull.

有意思……我喜歡這件毛衣。

[ɛ̃teʀɛsɑ̃… ʒɛm bjɛ̃ sə pyl]

Il est‿à moitier prix. 這件只要半價。

[il ɛ ta mwatje pʀi]

Très bien, je vais le prendre.

太好了，我要這件。

[tʀɛ bjɛ̃, ʒə ve lə pʀɑ̃dʀ]

Je vous le mets à la caisse, vous pouvez continuer à regarder.

我幫您把它放在櫃檯，您可以繼續看看選購。

[ʒə vu lə mɛ a la kɛs, vu puve kɔ̃tinɥe a ʀəgaʀde]

Merci. 謝謝。

[mɛʀsi]

Pour les‿accessoires, ils sont en promotion aussi?

飾品的話，也在做促銷嗎？

[puʀ le zakseswaʀ, il sɔ̃ ɑ̃ pʀɔmɔsjɔ̃ osi]

Oui, tous les‿articles.

是的，所有的商品。

[wi, tu le zaʀtikl]

03 商店退稅

Détaxe au magasin

▶▶MP3-64

Bonjour, où est-ce qu'on peut faire la détaxe?

您好，請問哪裡可以辦退稅？

[bɔ̃ʒuʀ, u ɛ-s kɔ̃ pø fɛʀ la detaks]

Il faut aller au deuxième étage dans le bureau de détaxe.

要到二樓的退稅處。

[il fo ale o døzjɛm etaʒ dɑ̃ lə byʀo də detaks]

Merci. 謝謝。

[mɛʀsi]

Avez-vous tous les tickets d'achat?

請問您有購物的收據嗎？

[ave-vu tu le tikɛ daʃa]

Oui, ils sont là. 有的，都在這裡。

[wi, il sɔ̃ la]

Votre passeport s’il vous plaît.

您的護照，麻煩您。

[vɔtʀ paspɔʀ sil vu plɛ]

Tenez. 在這裡。

[təne]

Vous voulez vous faire rembourser en‿espèce ou par carte de crédit?

您想要現金退稅還是信用卡退稅？

[vu vule vu fɛʀ ʀɑ̃burse ɑ̃ nɛspɛs u paʀ kaʀt də kʀedi]

En‿espèce. 現金退稅。

[ɑ̃ nɛspɛs]

• • •

Voilà c'est fait. Le jour où vous partez de France, vous‿allez présenter ces bordereaux à la douane de l'aéroport.

好了，完成了。您離開法國的那一天，
您再把這些退稅單交給海關就可以了。

[vwala sɛ fɛ. lə ʒuʀ u vu paʀte də fʀɑ̃s, vu zale pʀezɑ̃te se bɔʀdəʀo a la dwan də laeʀɔpɔʀ]

D'accord, merci. 好的，謝謝。

[dakɔʀ, mɛʀsi]

04 更換商品

Changer des produits ▶▶MP3-65

Bonjour, je voudrais changer cette jupe.

您好，我想要更換這件裙子。

[bɔ̃ʒuʀ, ʒə vudʀɛ ʃɑ̃ʒe sɛt ʒyp]

Pourquoi voulez-vous la changer?

為什麼您要更換？

[puʀkwa vule-vu la ʃɑ̃ʒe]

Il y a un petit trou sur le côté, vous voyez là.

因為裙子旁邊有一個小洞，您看在這裡。

[il j a ɛ̃ pəti tʀu syʀ lə kote, vu vwaje la]

D'accord, je vois. 好的，我知道了。

[dakɔʀ, ʒə vwa]

Quand‿est-ce que vous l'avez acheté?

您什麼時候買了這件裙子的？

[kɑ̃ tɛ-s kə vu lave aʃte]

Il y a 3 jours. 3天前。

[il j a tʀwɑ ʒuʀ]

Très bien, vous‿êtes encore dans le délai pour changer les produits.

好的，您還在更換商品的期限內。

[tʀɛ bjɛ̃, vu zɛt ɑ̃kɔʀ dɑ̃ lə delɛ puʀ ʃɑ̃ʒe le pʀɔdɥi]

Vous‿avez le ticket d'achat?

你有收據嗎？

[vu zave lə tikɛ daʃa]

Oui, le voilà. 有的，在這裡。

[wi, lə vwala]

Parfait, je vais vous‿en donner une nouvelle.

很好，我換一件新的給您。

[paʀfɛ, ʒə ve vu zɑ̃ dɔne yn nuvɛl]

Merci. 謝謝。

[mɛʀsi]

05 電話預付卡

Acheter une carte de téléphone ▸▸MP3-66

Bonjour, auriez-vous des cartes prépayées avec internet?

您好，請問您們有沒有付網路的預付卡？

[bɔ̃ʒuʀ, oʀje-vu de kaʀt pʀepeje avɛk ɛ̃tɛʀnɛt]

Oui, nous‿avons 3 forfaits, 10 euros, 15 euros et 20 euros.

有的，我們有3種方案：10歐元，15歐元和20歐元。

[wi, nu zavɔ̃ tʀwɑ fɔʀfɛ, di zøʀo, kɛ̃z øʀo e vɛ̃ øʀo]

Quelle est la différence?

這之間有什麼差別？

[kɛl ɛ la difeʀɑ̃s]

La différence se base surtout sur le volume internet.

差別在網路的頻寬。

[la difeʀɑ̃s sə baz syʀtu syʀ lə vɔlym ɛ̃tɛʀnɛt]

Celui de 10 euros a 1GB, 15 euros 2GB et 20 euros 3GB.

10歐元的頻寬是1GB, 15歐元的是2GB，20歐元的是3GB。

[səlɥi də di zøʀo a ɛ̃ ʒiga, kɛ̃z øʀo dø ʒiga e vɛ̃ øʀo tʀwɑ ʒiga]

D'accord. Avec ces cartes, est-ce que je peux appeler à l'étranger.

好的。用這些卡片，我可以撥打國際電話嗎？

[dakɔʀ. avɛk se kaʀt, ɛ-s kə ʒə pø aple a letʀɑ̃ʒe]

Ah non, pour appeler à l'étranger il faut prendre une carte internationale, ça coûte 40 euros.

不行，要撥打到國外必須要買國際電話卡，價格是40歐元。

[ɑ nɔ̃, puʀ aple a letʀɑ̃ʒe il fo pʀɑ̃dʀ yn kaʀt ɛ̃tɛʀnasjɔnal, sa kut kaʀɑ̃t øʀo]

Il y a internet avec cette carte internationale?

這張國際電話卡有網路嗎？

[il j a ɛ̃tɛʀnɛt avɛk sɛt kaʀt ɛ̃tɛʀnasjɔnal]

Oui, le volume internet est de 1GB.

有的，頻寬是1GB。

[wi, lə vɔlym ɛ̃tɛʀnɛt ɛ də ɛ̃ ʒiga]

C'est valable pour combien de temps?

有效的使用期限是多久？

[sɛ valabl puʀ kɔ̃bjɛ̃ də tɑ̃]

15 jours à partir du jour de l'activation.

啟動卡片後的15天內都有效。

[kɛ̃z ʒuʀ a paʀtiʀ dy ʒuʀ də laktivasjɔ̃]

Chapitre 7

困擾篇

Les‿ennuis

01 問路
Demander son chemin

Excusez-moi, je cherche le magasin Printemps.

不好意思，我在找春天百貨。

[ɛkskyze-mwa, ʒə ʃɛʀʃ lə magazɛ̃ pʀɛ̃tɑ̃]

Ce n'est pas tout près. Vous‿y allez à pied?

不是很近喔。你要走路去？

[sə nɛ pa tu pʀɛ. vu zi ale a pje]

Oui. 是的。

[wi]

D'accord, vous‿allez prendre la rue à gauche.

好的，您走左邊的那條路。

[dakɔʀ, vu zale pʀɑ̃dʀ la ʀy a goʃ]

Ensuite, continuez jusqu'à la poste.

接著，一直走到郵局。

[ɑ̃sɥit, kɔ̃tinɥe ʒyska la pɔst]

Puis tournez à gauche, vous‿allez le voir au bout de la rue.

然後右轉，您走到底就會看到它。

[pɥi tuʀne a goʃ, vu zale lə vwaʀ o bu də la ʀy]

Ça prend combien de temps pour y arriver?

要走多久時間才會到達？

[sa pʀɑ̃ kɔ̃bjɛ̃ də tɑ̃ puʀ i aʀive]

À peu près 20 minutes de marche.

大概走20分鐘左右。

[a pø pʀɛ vɛ̃ minyt də maʀʃ]

D'accord, merci. 好的，謝謝。

[dakɔʀ, mɛʀsi]

Je vous‿en prie. 不用客氣。

[ʒə vu zɑ̃ pʀi]

CH 7 困擾篇

02 搭訕 Draguer

▶▶MP3-68

Bonjour mademoiselle, vous‿êtes très jolie!

您好小姐，您很漂亮！

[bɔ̃ʒuʀ madmwazɛl, vu zɛt tʀɛ ʒɔli]

Merci. 謝謝。

[mɛʀsi]

Excusez-moi de vous déranger, voulez-vous prendre un café avec moi?

不好意思打擾您，您願意和我喝杯咖啡嗎？

[ɛkskyze-mwa də vu deʀɑ̃ʒe, vule-vu pʀɑ̃dʀ ɛ̃ kafe avɛk mwa]

C’est gentil de votre part, mais je ne peux pas.

您人真好，不過我不行。

[sɛ ʒɑ̃ti də vɔtʀ paʀ, mɛ ʒə nə pø pa]

Pourquoi? 為什麼？

[purkwa]

Je suis pressée, j'ai un train à prendre.

我趕時間，我要去搭火車。

[ʒə sɥi prese, ʒɛ ɛ̃ trɛ̃ a prɑ̃dr]

Sinon pourriez-vous me donner votre numéro de téléphone?

要不然您可以給我您的電話號碼嗎？

[sinɔ̃ purje-vu mə dɔne vɔtr nymero də telefɔn]

Oui, mais je n'ai que le numéro de Taïwan.

可以的，但是我只有台灣的電話號碼。

[wi, mɛ ʒə nɛ kə lə nymero də taiwan]

Je n’ai pas de numéro en France.

我沒有法國的電話。

[ʒə nɛ pa də nymeʀo ɑ̃ fʀɑ̃s]

Ah, ça va être compliqué.

啊，這樣就麻煩了。

[ɑ, sa va ɛtʀ kɔ̃plike]

Et oui! 沒錯！

[e wi]

03 找廁所

Chercher les toilettes

▶▶MP3-69

Excusez-moi, vous savez où sont les toilettes publiques?

不好意思，請問您知道哪裡有公共廁所嗎？

[ɛkskyze-mwa, vu save u sɔ̃ le twalɛt pyblik]

Ah, si je me souviens bien, vous pouvez les trouver dans le coin là-bas.

啊，如果我記得沒錯的話，您可以在那個角落找到。

[ɑ, si ʒə mə suvjɛ̃ bjɛ̃, vu puve le tʀuve dɑ̃ lə kwɛ̃ labɑ]

Merci. 謝謝。

[mɛʀsi]

Si vous ne trouvez pas les toilettes, je vous conseille d'aller dans‿un café.

如果找不到廁所的話，我建議您到咖啡館去。

[si vu nə tʀuve pa le twalɛt, ʒə vu kɔ̃sɛj dale dɑ̃ zɛ̃ kafe]

On peut demander les toilettes dans‿un café?

我們可以到咖啡館要廁所？

[ɔ̃ pø dəmɑ̃de le twalɛt dɑ̃ zɛ̃ kafe]

Vous pouvez toujours essayer, sinon vous prenez un café et vous pouvez profiter des toilettes.

您總是可以試試看，不然的話，您可以點一杯咖啡然後順便去上廁所。

[vu puve tuʒuʀ eseje, sinɔ̃ vu pʀəne ɛ̃ kafe e vu puve pʀɔfite de twalɛt]

Effectivement, vous‿avez raison.

沒錯，您說的有道理。

[efɛktivmɑ̃, vu zave ʀɛzɔ̃]

Oui, en plus, c’est plus pratique.

對啊，而且，這樣也方便多了。

[wi, ɑ̃ plys, sɛ ply pʀatik]

04 看病

Consulter un médecin

▶▶MP3-70

Bonjour monsieur, qu'est-ce qui ne va pas?

先生您好，您怎麼了？

[bɔ̃ʒuʀ məsjø, kɛ-s ki nə va pa]

J'ai mal à la tête depuis 2 jours.

我的頭痛了兩天了。

[ʒe mal a la tɛt dəpɥi dø ʒuʀ]

D'accord, je vais prendre votre tension... elle est normale.

好的，我量量您的血壓……很正常。

[dakɔʀ, ʒə ve pʀɑ̃dʀ vɔtʀ tɑ̃sjɔn... ɛl ɛ nɔʀmal]

Vous‿avez le nez qui coule?

您會流鼻水嗎？

[vu zave lə ne ki kul]

Oui, un peu. 會的，一點點。

[wi, ɛ̃ pø]

Vous‿êtes en contact avec des personnes malades?

您有跟生病的人接觸嗎？

[vu zɛt ɑ̃ kɔ̃takt avɛk de pɛʀsɔn malad]

Une de mes colocataires a la grippe.

我的一位室友得了流感。

[yn də me kɔlɔkatɛʀ a la gʀip]

Bon, vous‿avez un rhume.

嗯，你感冒了。

[bɔ̃, vu zave ɛ̃ ʀym]

Je vais vous donner un cachet contre le mal de tête.

我開一份治頭痛的藥給你。

[ʒə vɛ vu dɔne ɛ̃ kaʃɛ kɔ̃tʀ lə mal də tɛt]

Merci beaucoup docteur.

醫生謝謝您。

[mɛʀsi boku dɔktœʀ]

Il faut surtout se reposer et boire beaucoup d'eau.

最重要的是要好好休息而且要多喝水。

[il fo syʀtu sə ʀəpoze e bwaʀ boku do]

D'accord. 好的。

[dakɔʀ]

05 遭竊

Déclarer un vol

▶▶MP3-71

Bonjour madame, qu'est-ce qui s'est passé?

女士您好，發生什麼事了？

[bɔ̃ʒuʀ madam, kɛ-s ki sɛ pase]

On m'a volé mon iphone.

有人偷了我的蘋果手機了。

[ɔ̃ ma vɔle mɔ̃ ajfon]

Où? 在哪裡？

[u]

Dans le magasin H&M des Champs-Elysée.

在香榭里舍大道上的H&M店裡。

[dɑ̃ lə magazɛ̃ aʃ e ɛm de ʃɑ̃p-zelize]

Quand? 什麼時候？

[kɑ̃]

Ce matin, vers midi.

今天早上，大約中午時刻。

[sə matɛ̃, vɛʀ midi]

C’est un iphone combien? 5 ou 6?

是一個怎麼樣的蘋果手機？第五代或是第六代？

[sɛ tɛ̃ ajfon kɔ̃bjɛ̃? sɛ̃k u sis]

Un iphone 5.

是一台蘋果第五代手機。

[ɛ̃ ajfon sɛ̃k]

Vous‿avez votre passeport?

您有帶護照嗎？

[vu zave vɔtʀ paspɔʀ]

Oui, tenez. Est-ce que c'est possible de le retrouver?

有的，在這裡。請問有可能找回嗎？

[wi, təne. ɛ-s kə sɛ pɔsibl də lə ʀətʀuve]

Euh, c'est possible, mais il y a très peu de chance....

有可能，但是機率很小……。

[ø, sɛ pɔsibl, mɛ il j a tʀɛ pø də ʃɑ̃s]

CH
7
困擾篇

Part 3

法國導遊為你準備的旅遊指南

1. 法國的地理位置 Géographie de la France
2. 法國生活 La vie en France
3. 實用資訊 Informations pratiques
4. 法國節慶 Les fêtes en France

01 法國的地理位置
Géographie de la France

法國位於西歐，三面臨海，領土分為法國本土與海外離島。首都為巴黎（Paris）。法國本土目前共有22個大區，計劃將在2016年合併為13大區。海外大區共5個，分別是瓜德羅普（Guadeloupe）、蓋亞那（Guyane）、馬丁尼克（Matinique）、留尼旺（La Réunion）及馬約特（Mayotte）。

法國本土為六角形，所以法國人也常用六角形（Hexagane）一詞代替法國。

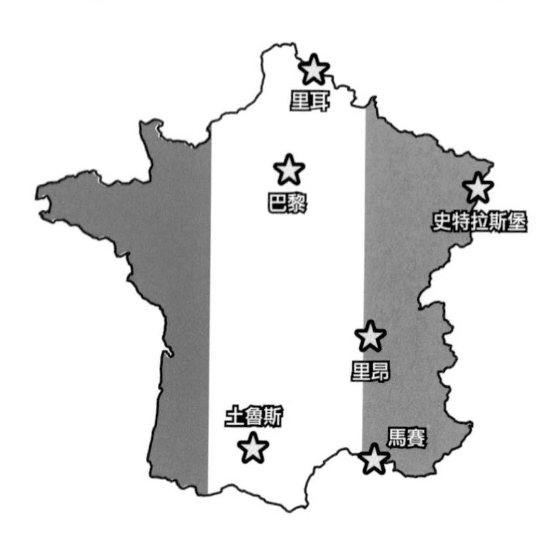

★如果需要其他城市的地圖可直接到當地的觀光局（Office de tourisme）索取，部分索取時需要付費。為響應環保運動，大部分的旅遊資訊都可以直接上該城市的觀光局網站下載地圖或是旅遊手冊，建議多加利用。

巴黎 Paris

巴黎共分為20區，由中心內往外順時鐘方向，用數字（1-20）來劃分區域。

1. 巴黎景點圖

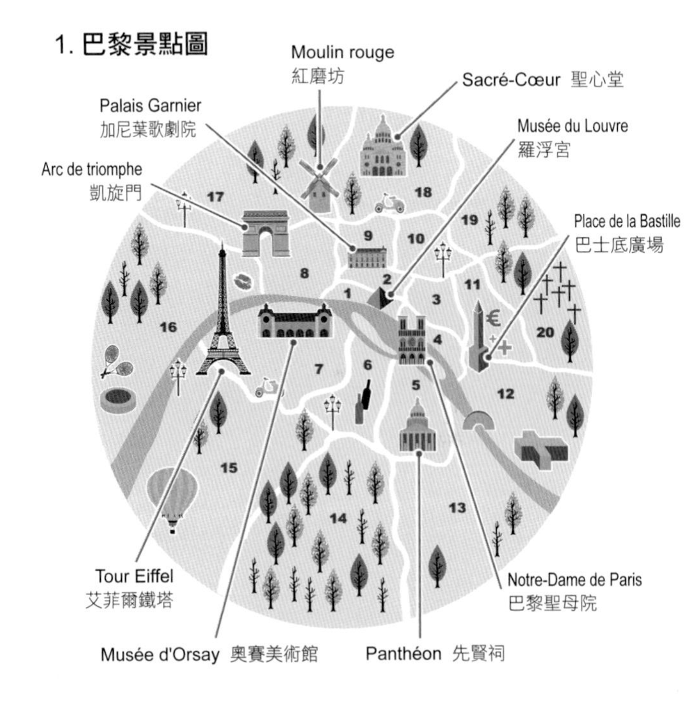

2. 附上巴黎地鐵圖：http://parisbytrain.com/wp-content/uploads/2014/01/paris-metro-map-2014.pdf

02 法國生活

La vie en France

1. 吃在法國

法國人的一餐通常由湯（potage）、生菜（salade），或前菜（entrée）、主菜（plat）、乳酪（fromage）、點心（dessert）等幾道菜搭配而成。

而法國美食享譽國際，由於巴黎是國際都市，各國餐廳林立。一般餐廳的消費價格從20歐元到50歐元不等，通常餐點的費用都已經包含服務費了，用餐完畢不需要另外留下小費，但是如果服務真的很好，建議可以留下1～5歐元的小費。小費最好以0.5歐元，1歐元或是2歐元的硬幣呈現，切勿掏出口袋中的所有零錢以清空身上的硬幣作為考量！

2. 穿在法國

法國國情與文化對於服飾穿著沒有特殊要求。在冬季由於嚴寒也常下雪，到法國前需準備保暖及禦寒衣物。法國人穿衣的色系通常採低調色彩，夏天通常為清爽的淡色系為主，例如：白色、淡藍色、米色；冬天則以深色系為主，如：黑色、灰色、咖啡色。出門在外，建議衣著以當地色彩為主，避免引人注意，招引歹徒非分之想。

3.住在法國

法國觀光旅遊業發達，大都市旅館林立，一般普通旅館（單人房）價格從85歐元元至150歐元不等，三星級旅館價格則從120歐元至200歐元不等，且因地區及規模而有差異。來法旅遊前請務必先訂妥旅館（可透過旅行社或上網路查詢）。

除了旅館之外，還有民宿套房或雅房（Chambre d'hôte）、鄉村民宅（Gîte rural）、一般民宅（Logement en location）、另類住宿（Hébergement insolite），甚至有免費的住宅交換（Échange de logement）的系統。這幾年興起的Air B&B的住宿方式，其實就是民宿套雅房的概念。這類深入當地生活的住宿，通常價格比較便宜，可以使用廚房，不過缺點是沒有可以扛行李的挑夫，而且住家備有電梯的機率不高，如果進住此類民宅，要有自己扛行李的心理準備哦！

4.行在法國

(1)法國主要大眾運輸工具：地鐵、公車、火車、飛機。

(2)巴黎附近可使用之大眾運輸工具：公車、地鐵、RER（連接巴黎及郊區之火車）及輕軌電車（Tramway）。

(3)大眾運輸工具營運時間：

- 地鐵第一班車為早上5：30，最後一班為午夜00：40。
- 公車營運時間在早上7：00至晚上8：30不等，某些公車營運至00：30。
- 電車營運時間為清晨5：00至晚間11：40。

(4)各地大城市販賣的單程交通票，在指定的時間內（通常75分鐘內），可重複進出或搭乘公車。如果搭乘交通工具的次數多，可考慮購買1日或是多日的通行票比較划算。

(5) 巴黎的主要國際機場有CDG戴高樂機場（又稱：華西機場Roissy）和Orly奧利機場。連結市區的大眾運輸有機場市區公車（Navette），或是郊區火車（RER B-藍線）。如果行李多，建議請飯店或是住宿點的主人幫忙聯絡包車服務。

(6)計程車：

- 通常以跳表計算，起跳價視地區而異（如巴黎為2.5歐元），收費有白天和夜間時段的差別。
- 建議先告知司機地點，請司機提供約略的價格作為參考。
- 一輛計程車依法規定最多只能搭載4位客人，而且上車需繫安全帶。

5.水電

水電一般供給狀況正常。自來水可生飲，惟法國地區普遍石灰質較高，一般人有飲用礦泉水習慣。電壓規格為220伏特，使用帶地線之圓形插頭，倘欲使用台灣之家電應先備妥變壓器及插座。

6.一般物價

除高級名貴品牌物品較昂貴外，一般民生物資價格也偏高。巴黎與其他大城是購物者的天堂，各式物品應有盡有，不虞匱乏，但是物價也相對地較郊區或鄉下昂貴。

7. 文化及娛樂

(1)法國人極重視文化活動，各地每年除藝術節或音樂節活動外，其他各式之文化活動（展覽、電影、歌劇、音樂會及戲劇）琳瑯滿目，可依個人喜好選擇欣賞。各個城市鄉鎮都有自己的市政府或是觀光局網站，定期提供最新的文化與活動訊息，有些可免費參加，建議前往瀏覽。

(2)法國之歷史悠久，各省皆有其風景名勝及特色，多不勝數。如果有意參觀許多古蹟，可以在名勝古蹟的購票櫃檯或是觀光局購買通行票卷（如：museum pass或是city pass）較為划算。購買時需注意想參觀的名勝古蹟是否在通行票卷的使用範圍內，以免花了冤枉錢。

03 實用資訊
Informations pratiques

1. 入境法國的簽證服務

自2011年1月11日起，載有身分證字號之台灣護照持有者，如欲前往歐洲至一或多個申根協議簽署國觀光、訪親或洽商，時間少於90天者，不需申請簽證。

2. 駐法國台北代表處

地址：Bureau de Représentation de Taipei en France
78, rue de l'Université - 75007 Paris, France

電話：（33-1）44398830

傳真：（33-1）44398871

網址：http://www.roc-taiwan.org/FR/mp.asp?mp=122

24小時急難救助行動電話：（33）680074994

法國境內請直撥：0680074994

旅外國人急難救助全球免付費專線：800-0885-0885

受理領務申請案件時間：

週一～五：09：30～12：30、13：30～16：00

3.如何打電話回台灣？

	國際冠碼	台灣國碼	區域號碼	用戶電話號碼
	001 或 009	886	2	1234-5678
打到市內電話	001 或 009	＋886	撥打時要刪掉區域號碼前的0，例如台北市就是2。	＋1234-5678
打到手機	001 或 009	＋886	若是手機號碼，也要刪掉前面的0。例如0912-123456，就是撥打912-123456。	

4. 法國-臺北航空公司

直飛的航空公司僅長榮航空，自2013年5月起從原來的每週3個航班增為4個航班，每週一、四、五、六各1個航班自巴黎飛往台北，隔日由台北飛巴黎，飛行時間約11-12小時。其他飛法國-臺北的航空公司也不少，例如：國泰、法航、泰航、華航、新航等，通常有1至2轉機點。

5.幣值

法國的幣制自2002年7月1日起，歐元（€：euro）成為歐盟12國歐元區統一使用之貨幣，法郎於2002年2月17日停止流通。

歐元對台幣，近一兩年來的幣值大約維持在1：35到1：40之間。每家銀行的匯率並不一樣，在機場換錢通常較不划算。

台灣銀行目前以台幣換歐元通常不需要手續費，建議可以在台灣換好歐元再出國。在法國（歐洲）台幣現鈔是無法兌換歐元的，請注意！如果真的急需換錢，可以信用卡方式兌換歐元現金，但是需支付昂貴的手續費。

如果不想攜帶過多現金可以以刷卡方式消費，或是向銀行申請開通卡片國外提款機領歐元現鈔的功能。

歐元計有5、10、20、50、100、200、500元等7種紙幣，以100歐元以下的幣值最為流通。一般店面商家都還肯收100歐元的紙鈔，但是小販或一般餐廳通常不願意收，兌換幣值時要記得換一些小鈔。

04 法國節慶

Les fêtes en France

節日		日期
新年	Jour de l'An	1月1日
主顯節	Épiphanie	新年後的 第一個星期天
光明節	Chandeleur	2月2日
情人節	Saint Valentin	2月14日
懺悔節	Mardi Gras	復活節前的40天
愚人節	1er Aril	4月1日
復活節	Pâques	4月22～25日
勞工節	Fête du Travail	5月1日
勝利節	Victoire 1945	5月8日
耶穌升天日	Ascension	復活節40天後的 星期四

	習俗
	以象徵幸福的植物：槲寄生，裝飾住家。午夜時互擁並互相祝福「新年快樂Bonne Année」，整晚守夜。
	一起分享藏有象徵幸運小瓷偶的國王餅Galettes des Rois，吃到小瓷偶的人可以帶上皇冠，要求實現一個願望。
	享用法式薄餅Crêpes。如果想要引來財富，當天將薄餅由鍋中往上擲翻面時，左手必須握一個硬幣。
	送愛人花朵。
	化妝嘉年華會Carnaval，並品嚐法式薄餅Crêpes。
	開玩笑，惡作劇之日。被作弄的人如果真的上當受騙時，人們會大喊：Poisson d'avril（四月魚）。
	小孩在家裡或花園裡尋找父母們準備的巧克力蛋。
	人們互送鈴蘭Muguet。 工會在這一天會舉辦遊行，象徵勞工的同心協力。
	第二次大戰結束的紀念日。在凱旋門下的無名士兵的墓與各地的亡者紀念碑擺上花束。
	各地舉辦彌散。

節日		日期
母親節	Fête des Mères	5月的 最後一個星期天
父親節	Fête des Pères	6月的 第三個星期天
音樂節	Fête de la musique	6月21日
國慶日	Fête Nationale	7月14日
聖母升天日	Assomption	8月15日
諸聖節	Toussaint	11月1日
停戰日	Armistice de 1918	11月11日
聖誕節	Noël	12月25日

重要節日的用語：

耶誕節快樂：JOYEUX NOËL!

佳節愉快：BONNE FÊTE!或是JOYEUSE FÊTE!

新年快樂：BONNE ANNÉE!

	習俗
	小孩送母親禮物。
	小孩送父親禮物。
	全國大街小巷都有音樂會。每個人都可以在街上，廣場上隨意舉辦自己的音樂會。
	巴黎的國慶閱兵Défilés militaires及各地的煙火秀Feu d'artifice。
	各地有遊行活動，舉辦大型舞會和煙火秀慶祝。
	緬懷先人的節日。11月2日造訪墓園，並在先人的墳墓上放上菊花。
	第一次大戰結束的紀念日。在凱旋門下的無名士兵的墓與各地的亡者紀念碑擺上花束。
	家族性的節日。家中裝飾聖誕樹 Sapin de Noël。 小孩會收到由聖誕老人Père Noël 送的禮物。 24日晚上教堂的彌撒延續到午夜。

附　錄

法語發音的學習重點

1. 法語的基本概念
2. 法語發音
3. 法語的變音符號
4. 法語的連音

01 法語基本概念

在開始學習發音前，先介紹幾個法語的基本的文法概念，讓您在學習發音的同時，也能輕易地理解書中提供的範例與會話。

讓我們從法語的簡單句型（主詞＋動詞＋受詞）著手，一步步地劃出法語的大致輪廓。

概念1：主詞

法文	je	tu	il	elle	on
中文	我	你	他	她	我們 （口語）
法文	nous	vous	ils	elles	
中文	我們	你們 您 您們	他們	她們	

概念2：動詞

動詞的變化和主詞有分不開的關係。je、tu、nous、vous各有各的變化，然而，il / elle / on的變化相同，而ils / elles的變化相同。

種類	動詞結尾	特性
第一類	以ER結尾	規則動詞（去er，再依主詞加上字尾變化）。 以「parler」（說）現在陳述式為例： je parle tu parles il / elle / on parle nous parlons vous parlez ils / elles parlent

種類	動詞結尾	特性
第二類	以IR結尾	規則動詞（去ir，再依主詞加上字尾變化）。 以「finir」（結束）現在陳述式為例： je finis tu finis il / elle / on finit nous finissons vous finissez ils / elles finissent
第三類	不屬於ER和IR結尾的動詞	不規則動詞，沒有特定明顯的規則，許多常用的動詞多屬這類。 以「avoir」（有）現在陳述式為例： j'ai tu as il / elle / on‿a nous‿avons vous‿avez ils / elles‿ont

概念3：受詞

簡單可歸類為：形容詞和名詞（包括冠詞）。精確的法語，不僅主詞有陰陽性之分，形容詞和名詞也有陰陽性之別。

形容詞的陰陽性變化，主要有2種：

中文	陽性形容詞	陰性形容詞	特性
小的	petit	petite	陽性形容詞＋e＝陰性形容詞
快樂	heureux	heureuse	陽性形容詞x結尾，去x再＋se＝陰性形容詞

附錄

名詞的陰陽性變化，主要有3種：

中文	陽性名詞	陰性名詞	特性
學生	étudiant	étudiante	陽性名詞＋e＝陰性名詞
售貨員	vendeur	vendeuse	陽性名詞r結尾，去r再＋se＝陰性名詞
演員	acteur	actrice	陽性名詞teur結尾，去eur再＋rice＝陰性名詞

概念4：法文的冠詞

依據指定或不指定分成：定冠詞和不定冠詞。配合使用的名詞（人、事、物）的陰陽性決定。

不定冠詞（不指定）

	陽性	陰性	中文
單數	un	une	一個
複數	des	des	一些

例如：

une table（一張桌子）、un livre（一本書）。

des tables（一些桌子）、des livres（一些書）

冠詞（指定）

	陽性	陰性	中文
單數	le	la	那個
複數	les	les	那些

例如：

la table（那張桌子）、le livre（那本書）。

les tables（那些桌子）、les livres（那些書）。

附錄

02 法語發音

法語的字母共有26個字母，透過組合以及聲調符號的使用，延伸出來的標準音標共36個，但是隨著時代的演進，法語的音標漸漸地簡化為34個音，分為：14個母音、3個半母音、17個子音。雖然每個音的字母拼法組合，少則5種，最多56種，但是每個音最常見的拼法大約5種，而本書提供的字彙，也正是在生活中常用的字彙、常見的拼法型態。

為了讓法語的發音學習能夠在短時間內有最好的成效，本書採用音標系統，每個音標對應一個法語的字母，方便對照學習。而字彙搭配音標，對於發音的拼讀有很大的幫助。最後，配合每個字彙延伸出來的句子，讓您深入法語的句子結構和旋律之美。

接下來簡略介紹法語的音標：

14個母音

▶▶MP3-72

音標寫法	發音	常見拼法
[a]	同注音ㄚ。	papa 爸爸、 femme 女人、 pâte 麵團、 à 地方介系詞
[e]	類似注音ㄟ，介於[i]和[ɛ]，嘴型扁長，微笑狀。	bébé 嬰兒、 chanter 唱歌、 les 複數定冠詞、 pied 腳
[ɛ]	類似注音ㄝ， 嘴巴張大。	père 父親、 faire 做、être 是、 mettre 放置
[i]	同注音ㄧ。	merci 謝謝、 île 島嶼、haïr 恨、 cycle 循環

附錄

音標寫法	發音	常見拼法
[y]	同注音ㄩ。	rue 路、sûr 確定、eu 過去分詞、bus 公車
[u]	同注音ㄨ。	pour 為了、où 哪裡、goût 味道、foot 足球
[ø]	類似注音ㄜ，但是又輕又短。	peu 少、bleu 藍色、eux 他們（受詞）、Europe 歐洲
[ə]	同注音ㄜ。	le 陽性單數定冠詞、me 我（受詞）、dessus 在上方、regarder 看
[œ]	類似注音ㄜ，但是音重且長。	heure 點鐘、œuf 蛋、sœur 姐妹、docteur 醫生
[o]	同注音ㄡ。	beau 帥、dos 背、haut 高的、côte 岸邊

音標寫法	發音	常見拼法
[ɔ]	同注音ㄛ，嘴型較[o]大。	alors 那麼、fort 厲害、donner 給予、maximum 最大
[ɛ̃]	鼻母音，嘴型微笑，類似注音ㄤ、。	vin 酒、bain 泡澡、rien 什麼都沒有、brun 棕髮、faim 餓、plein 滿
[ɑ̃]	鼻母音，嘴巴張大，類似注ㄨㄥ、。	vent 風、français 法語、chambre 房間、client 顧客
[ɔ̃]	鼻母音，嘴巴只留一個小口，類似蜜蜂「嗡嗡」聲。	mon 我的、pont 橋、ombre 陰影

您也可以參照「母音發音簡圖」配合MP3一起練習，透過嘴型和唇形的變化，就更能掌握母音的發音訣竅！

母音發音簡圖

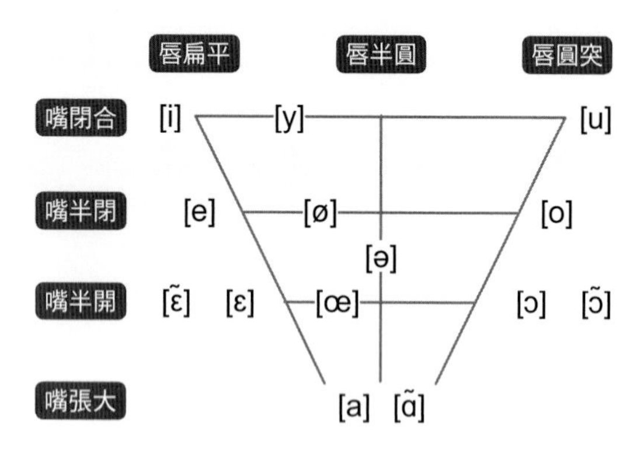

3個半母音

▶▶MP3-73

半母音因前面或後面緊接著一個母音，因此音長較一般母音短。

音標寫法	發音	常見拼法
[j]	在字首，發[i]但是音短。 在字尾，發[i]＋很輕的[ə]。	hier 昨天、 yeux 雙眼、 travail 工作、 fille 女孩
[ɥ]	發[y]但是音短。	huit 八、fruit 水果、 lui 他、nuage 雲
[w]	發[u]但是音短。	moi 我、jouer 玩、 oui 是的、loin 遠

附錄

17個子音

▶▶MP3-74

音標寫法	發音	常見拼法
[p]	類似注音ㄆ，感受 到空氣排出。	papa 爸爸、pour 為了、place 位子
[b]	類似注音ㄅ，感受 到聲帶振動。	bus 公車、bien 好、robe 洋裝
[t]	類似注音ㄊ，感受 到空氣排出。	table 桌子、thé 茶、baguette 長棍
[d]	類似注音ㄉ，感受 到聲帶振動。	demain 明天、idée 點子、mode 模式
[f]	類似注音ㄈ，感受到空氣排出。	neuf 九、facile 簡單、typhon 颱風

音標寫法	發音	常見拼法
[v]	類似注音ㄈ，感受到聲帶振動。	vin 酒、voilà 在這裡、rêve 夢
[s]	類似注音ㄙ。	six 六、russe 俄羅斯人、ici 這裡、leçon 課
[z]	類似「茲」，聲帶要振動。	zéro 零、seize 十六、poison 毒藥
[k]	類似注音ㄎ。	café 咖啡、quand 何時、kilo 公斤
[g]	類似注音ㄍ，聲帶要振動。	gâteau 蛋糕、grand 高大的、bague 戒指

音標寫法	發音	常見拼法
[m]	類似注音ㄇ。	maman 媽媽、aimer 愛、femme 女人
[n]	類似注音ㄋ。	nord 北方、anniversaire 生日、chinois 中國人
[l]	類似注音ㄌ。	lit 床、belle 美、mal 糟
[ʀ]	類似「喝」，像漱口由舌後發出的振動音。	riz 米、amour 愛情、maire 市長
[ʒ]	類似「具」，但是音短。	joli 漂亮、géant 巨大的、rouge 紅色
[ʃ]	類似「噓」。	chocolat 巧克力、riche 富有、acheter 買
[ɲ]	類似「涅」，但是音短。	champagne 香檳、Espagne 西班牙

法語的26個字母

▶▶MP3-75

學完了法語的34個音標，現在您也可以看著音標讀出法語的字母。

對法國人而言，音標是不存在的系統，因為他們從小就是看著字母讀出可能會發出的音，也就是所謂的自然發音。所以現在就跟著MP3，一起跟著法籍老師唸唸看吧！

大寫	小寫	讀法	可能發的音
A	a	[a]	[a]
B	b	[be]	[b]
C	c	[se]	[s]或[k]
D	d	[de]	[d]
E	e	[ə]	[ə]或[ɛ]
F	f	[ɛf]	[f]
G	g	[ʒe]	[ʒ]或[g]

大寫	小寫	讀法	可能發的音
H	h	[aʃ]	不發音
I	i	[i]	[i]
J	j	[ʒi]	[ʒ]
K	k	[ka]	[k]
L	l	[ɛl]	[l]
M	m	[ɛm]	[m]
N	n	[ɛn]	[n]
O	o	[o]	[o]或[ɔ]
P	p	[pe]	[p]
Q	q	[ky]	[k]
R	r	[ɛʀ]	[ʀ]
S	s	[ɛs]	[s]
T	t	[te]	[t]
U	u	[y]	[y]

大寫	小寫	讀法	可能發的音
V	v	[ve]	[v]
W	w	[dublve]	[w]
X	x	[iks]	[s]或[ks]或[gz]
Y	y	[igrɛk]	[i]
Z	z	[zɛd]	[z]

＊注意

1）法語中的字母H / h，在法語字彙中本身是不發音的。

2）c＋a / o / u 發[k]，c＋e / i發[s]。

3）g＋a / o / u 發[g]，g＋e / i發[ʒ]。

4）x字尾發[s]，在字首或字中或[ks]或[gz]

附錄

03 法語的變音符號

法語的26個字母產生的音，在不敷實際應用的情況下，而發展出了音調符號，只要在字母加上這些變音符號，就能夠產生特定的音，增加發音的多樣性。變音符號除了有指定發音的功能之外，還有區分同音異字的作用。

法語的變音符號共有5種：「accent aigu」（左下撇）、「accent grave」（右下撇）、「accent circonflexe」（尖帽子）、「tréma」（上兩點）、「cédille」（掛尾巴）。很有趣的符號，趕快學起來！

Accent aigu左下撇（尖音符）

- 只出現在「é」，發音為[e]，例如：「été」（夏天）、「éléphant」（大象）

Accent grave右下撇（重音符）

- 出現在「è / à / ù」。
- è發音為[ɛ]，例如：「mère」（母親）、「près」（父親）。
- à發音與a相同，右下撇符號用來區分同音異字的字，例如：「la」（單數陰性定冠詞）、「là」（這個／這裡）。
- ù發音與u相同，右下撇符號用來區分同音異字的字，例如：「ou」（或者）、「où」（哪裡）。

Accent circonflexe尖帽子

- 出現在「â / ê / î / ô / û」，音長較長。
- ê發音為[ɛ]，音稍微拉長，例如：「tête」（頭）、「forêt」（森林）。
- â發音與a相同，音稍微拉長，例如：「grâce」（恩寵）、「château」（城堡）。
- î發音與i相同，音稍微拉長，例如：「île」（島嶼）、「boîte」（盒子）。

・ô發音與o相同，音稍微拉長，例如：「nôtre」（我們的）、「hôpital」（醫院）。
・û發音與u相同，音稍微拉長，例如：「sûr」（確定）、「mûre」（桑椹）。

Tréma上兩點

・出現在「ï / ë」，該母音必須單獨發一個音節。
・ï發音與i相同，例如：「naïve」（天真的）、「égoïste」（自私的）。
・ë發音為[ɛ]，例如：「Noël」（聖誕節）、「Israël」（以色列）。

Cédille掛尾巴

・只出現在「ç」，發音為[s]，例如：「ça」（這個）、「garçon」（男孩）。

04 法語的變音符號

在法語的字彙中，大部分字尾以子音結尾的字彙都不發音。但是，如果這些原本不發音的子音（d / m / n / s / t / x / z），後面緊接著一個母音開頭的字彙，此時，原本不發音的子音就必須發音並與後面緊接的母音結合成一個音節，讓句子有連貫性，這個特性就是所謂的「連音」（liaison）。也因為這項特點，使得法語唸起來擁有獨特的旋律美。

以下幾個情況下必須要連音：

名詞詞組（形容詞＋名詞）

例如

deux‿euros [dø zœro] 2歐元

un‿examen [ɛ̃ nɛgzamɛ̃] 一個考試

附

動詞詞組（代名詞主詞on / nous / vous / ils / elles＋動詞為母音開頭的字彙）

例如

On‿a un sac. [ɔ̃ na ɛ̃ sak]
我們有一個包包。（on是 nous的口語用法）

Nous‿avons un sac. [nu zavɔ̃ ɛ̃ sak]
我們有一個包包。

Ils‿ont un sac. [il zɔ̃ ɛ̃ sak]
他們有一個包包。

動詞est（être的單數第三人稱變化）之後接母音開頭的字彙

例如

C'est‿une jolie fille. [sɛ tyn ʒɔli fij]
那是一個漂亮的女孩。

Il est‿arrivé. [il ɛ taʀive] 他到了。

短副詞（單音節的副詞）之後

例如

bien‿amusé [bjɛ̃ namyze] 玩得盡興

dans‿un bus [dɑ̃ zɛ̃ bys] 在一輛公車上

chez‿eux [ʃe zœ] 他們家

疑問詞Quand

例如

Quand‿est-ce qu'il vient? [kɑ̃ tɛ s kil vjɛ̃]

他什麼時候來？

Quand‿il viendra. [kɑ̃ til vjɛ̃dʀa]

當他來的時候。

既定用法

avant-hier [avɑ̃ tiɛʀ] 前天

c'est-à-dire [sɛ ta diʀ] 也就是說

plus‿ou moins [ply zu mwɛ̃] 或多或少

＊連音時必須注意的變音

1）[s]變為[z]。

2）[d]變為[t]。

3）[f]變為[v]。

國家圖書館出版品預行編目資料

法國導遊教你的旅遊萬用句 /
Christophe LEMIEUX-BOUDON、Mandy HSIEH作；
--初版--臺北市：瑞蘭國際, 2015.12
256面；10.4 x 16.2公分 --（隨身外語系列；51）
ISBN：978-986-5639-50-1（平裝附光碟片）
1.法語 2.旅遊 3.會話

803.588 104025792

隨身外語系列 51

日本導遊教你的
旅遊萬用句

作者｜Christophe LEMIEUX-BOUDON、Mandy HSIEH
責任編輯｜潘治婷、王愿琦
校對｜Christophe LEMIEUX-BOUDON、Mandy HSIEH、潘治婷、王愿琦

日文錄音｜Christophe LEMIEUX-BOUDON、Stéphanie VITRY
錄音室｜采漾數位錄音室
封面、版型設計｜余佳憓・內文排版｜余佳憓・地圖繪製｜許巧琳

董事長｜張暖彗・社長兼總編輯｜王愿琦・主編｜葉仲芸
編輯｜潘治婷・編輯｜紀珊・編輯｜林家如・設計部主任｜余佳憓
業務部副理｜楊米琪・業務部專員｜林湲洵・業務部專員｜張毓庭

出版社｜瑞蘭國際有限公司・地址｜台北市大安區安和路一段104號7樓之1
電話｜(02)2700-4625・傳真｜(02)2700-4622・訂購專線｜(02)2700-4625
劃撥帳號｜19914152 瑞蘭國際有限公司
瑞蘭網路商城｜www.genki-japan.com.tw

總經銷｜聯合發行股份有限公司・電話｜(02)2917-8022、2917-8042
傳真｜(02)2915-6275、2915-7212・印刷｜宗祐印刷有限公司
出版日期｜2015年12月初版1刷・定價｜299元
ISBN｜978-986-5639-50-1